사랑이

나에게

To me from Love

by Kyong-Sook An

Published by Hangilsa Publishing Co. Ltd., Korea, 2019

사랑이
나
에
게

고흐와 셰익스피어 사이에서
인생을 만나다

안경숙 에세이

한길사

"순간 속에서 행복을 찾아라."

앙드레 지드, 『지상의 양식』

그림과 글 사이에서 발견한 행복
오늘 더 눈부신 인생

• 책을 내면서

기억의 저편 어딘가에 조용히 묻혀 있던 추억 속의 물건들이 부활하고 있습니다. 예전에 유행했던 운동화가 새로운 이름을 달고 유행을 주도하고, 90년대 스타일의 티셔츠나 로고가 속속 귀환하기도 합니다. 옛날 음료나 시계, 게임도 다시 등장합니다. 시간이 정지한 듯한 한옥 마을은 옛 정취를 느껴보려는 사람들로 북적입니다.

법고창신法古創新. 옛것을 본받아 새것을 창조한다는 이 사자성어는 이러한 시대의 흐름을 반영합니다. 반 고흐, 모네, 클림트, 마티스 같은 캔버스의 마술사들과 셰익스피어, 괴테, 제인 오스틴, 생텍쥐페리 등 문장의 연금술사들은 우리보다 아주 오래전에 먼저 살다 간 인생 선배들입니다. 길게는 몇 백 년, 짧게는 몇 십 년의 시간과 머나먼 공간을 뛰어넘은 불멸의 작품들은 지금 이 순간의 우리를 거울처럼 비추고 있습니다. 그때 그 시절에 보고 읽었던 그림 한 점, 글 한 줄을 밑바탕 삼아 오늘을 살아가고, 내일로 한걸음씩 나아갑니다.

삶이 좀처럼 해석되지 않는 외국어처럼 느껴질 때가 있습니다. 그럴 때는 소소한 일상 속에서 그림과 글에 기대어보곤 합니다. 누군가가 아련하게 그리운 날에는 모네의 그림을 꺼내봅니다. 사람에게 상처받아 힘든 날에는 셰익스피어의 문장을 들춰봅니다. 왠지 의욕이 사라질 때는 반 고흐의 자화상을 들여다보고, 사는 게 팍팍할 때는 생텍쥐페리의 문장에 밑줄을 긋습니다. 그림은 가슴을 뜨겁게 하고, 글은 머리를 깨우쳐줍니다. 고전 속 인물들에게 허물없이 터놓고 질문하고 고민을 나누다 보면 고정관념과 편견, 두려움은 산산조각 납니다. 이따금 번뜩이는 답을 얻고, 용기를 얻거나 위로를 받기도 합니다. 한마디로 인생의 '감'을 잡는 겁니다. 그래서 습관처럼 그림과 글 속에 들어가 생각의 날개를 달아봅니다.

책을 읽거나 그림을 보거나 음악을 듣다 보면 저를 '훅' 하고 사로잡는 부분들이 있습니다. 마치 권투에서 상대방이 주먹을 치고 들어오듯 갑자기 내게 일격을 가하는 부분들이죠. '아, 이 글! 이 그림! 이 리듬!' 자꾸 보게 되고 듣게 되는 그런 부분들입니다. 그렇게 제 마음속에 갑자기 밀려든 글과 그림들을 꽤 오랫동안 조금씩 저장해두었습니다. 저는 이 보관함을 도서관과 미술관이라고 부릅니다. 저만의 놀이터이자 휴식 공간이기 때문이지요. 빠르고 가벼운 것을 선호하는 시대이지만 혼자 꾸준히 묵묵하게 그리고 즐겁게 이 도서관과 미술관에 그림과 글을 차곡차곡 담아왔습니다. 창조 행위의 완성은 관객이라고 하지요. 도서관의 책과 미술관의 그림은 누군가에게 읽히거나 감상되지 않는다면 존재의 의미가 없습니다. 그래서 저도 저만의 도서관과 미술관에서 정성껏 선별한 글과 그림을 예술가의 삶 그리고 제 이야기와 함께 엮어 당신에게 전하고 싶습니다.

저는 진중하고 묵묵하게 제 길을 가고 싶습니다. 우리 모두 행복했으면 합니다. 삶의 의미가 무엇인지 생각하며 살고 싶습니다. 그런 저의 바람을 이 책에 담았습니다. 이 책의 글과 명화들은 나직하고 차분하지만 확고한 메시지를 담고 있는 제 인생 문장이자 인생 그림들입니다. 당신이 읽고 싶은 글, 보고 싶은 그림이 있는 곳 어디를 펼쳐도 상관없습니다. 바로 이거다 싶은, 가슴으로 공감하는 당신만의 글과 그림을 발견할 수 있을 겁니다.

당신을 글과 그림이라는 인연의 실로 엮어주는 사람이 되고 싶습니다. 이 책으로 당신 마음의 문을 두드리려 합니다. 오래 사귄 든든한 친구처럼 내 마음을 알아주는 인생 문장과 인생 그림들이 당신의 마음에도 가닿기를 바랍니다. 또한 삶에서 마주하는 어떠한 순간에서든 당신이 조금 더 행복해지기를 진심으로 소망합니다.

자, 이제 당신의 마음을 사로잡을 인생 문장과 인생 그림 속으로 당신을 초대합니다.

2019년 봄
안경숙

2
사랑
우리를
살게 하는 것

나로

살아가는

기쁨

"그는 일기장을 펼쳤다.

무엇이든 쓰는 게 중요했다."

조지 오웰 George Orwell, 『1984』 *Nineteen Eighty-Four*

손가락의 춤

바닥에 펼쳐진 천 위로 물감이 사정없이 떨어집니다. 규정할 수 없는 그림의 형체는 그대로 작품이 됩니다. 이 기법을 창안한 화가는 바로 미국의 잭슨 폴록Paul Jackson Pollock, 1912~56입니다. 기법뿐만 아니라 그가 그림을 그리는 모습 자체도 큰 화제가 되었고 물감을 흩뿌려 그림을 그리는 방식에는 '액션 페인팅'Action Painting이라는 이름이 붙었습니다. 폴록이 그림을 그릴 때마다 여러 가지 색깔의 물감 옷을 입은 붓이 춤을 추었습니다. 폴록의 신나는 붓놀림은 곧 손의 춤이 되었습니다.

그런가 하면 지휘자나 피아니스트, 바이올리니스트들이 연주하는 모습에서도 춤이 연상됩니다. 그들은 우아한 몸짓에서부터 디스코를 연상시키는 요란한 동작까지 다양한 춤을 추지요.

저도 매일 춤을 춥니다. 언제나 손으로 춤을 춥니다. 저의 춤은 다름 아닌 글쓰기입니다. 손가락의 춤, 저는 글쓰기를 이렇게 부르곤 합니다. 그저 좋아서 시작한 글쓰기가 이제는 제 삶의 일부가 되었습니다. 바이올리니스트가 무아지경으로 활을 긋고 피아니스트가 자신의 존재를 잊은 채 건반을 두드리는 순간처럼 제 손가락도 끊임없이 펜을 끼적이고 자판을 두드려대며 춤을 춥니다.

책으로 둘러싸인 제 작은 방에서 글을 쓸 때는 철저히 혼자가 됩니다. 계란프라이를 할 때 프라이팬을 예열하는 시간이 필요하듯 글을 쓰기 전에도 음악을 듣거나 책을 읽으면 두뇌가 서서히 가동됩니다. 글쓰기의 예열 시간인 셈이지요. 인데버Endeavour 호를 타고 탐험길에 올라 항해 일지를 썼던 영국 탐험가 제임스 쿡James Cook, 1728~79 선장처럼 저는 일상 탐험가를 자처하며 제가 쓰고 싶은 것을, 쓰고 싶은 대로 꾸준히 쓰려고 합니다. 미끄러지는 펜 위에 제 생각을 흘려보냅니다. 글쓰기에, 침묵 속에 온전히 빠져 펜이 스스로 움직이는 것처럼 글이 술술 써질 때도 있지만 한 줄도 써지지 않아 주눅이 들 때도 있습니다. 그러나 오늘도, 내일도 계속 이렇게 글을 쓰고 싶습니다. 숨 쉬고 살아가듯이.

어린 시절부터 방에 앉아 글을 읽고 끄적거린 습관이 몸에 밴 덕분에 책상 앞에 진득하게 앉아 몇 시간이고 글을 쓰는 데는 제법 자신이 있습니다. 스파이더맨이 손목에서 거미줄을 발사하듯 저도 손에서 글이 뿜어져나올 수 있도록 오롯이 글쓰기에 집중합니다. 어느 순간, 글은 영감으로만 쓰여지지 않는다는 사실을 깨달았습니다. 글을 읽고 쓸 때 좋은 아이디어가 떠오르기는 하지만 글쓰기는 책상 앞에 앉아 손으로 꾸준히 연습하는 노동이라는 것을 깨닫는 데는 그리 오랜 시간이 걸리지 않았습니다.

화가들은 끝없이 캔버스에 붓질을 합니다. 반 고흐는 그림 그리는 일을 노동이라고 했지요. 화가들은 하루에도 그림을 수십 장씩 그리고, 버리고 또 그리면서 최상의 작품을 얻기 위해 분투합니다. 음악가들은 매일 거르지 않고 하루에도 몇 시간씩 연습에 연습을 거듭합니다. 나무의 옹이처럼 손에 굳은살이 박힐 정도로 맹렬하게 연습하지요. 그들은 타고난 재능도 필요하지만 결국 연습이 모든 것을 좌우한다고 말합니다. 제가 보기에 이 모든 예술 활동은 노동인 동시에 작품을 탄생시키는 환희의 순간을 위한 격렬한 춤이기도 합니다.

작곡가 스트라빈스키Igor Fyodorovich Stravinsky, 1882~1971는 작곡을 할 때 귀에 들리는 대로 음악을 만들었다고 하지요. 저는 손가락이 움직이는 대로 글을 쓰는 사람이 되고 싶습니다. 글을 쓰지 못하면 손이 근질거려 끊임없이 글을 쓰는 삶을 살고 제가 좋아서 쓰는 이 글이 누군가에게도 작은 행복이 되면 좋겠습니다. 그래서 오늘도 제 손가락은 춤을 춥니다.

니콜라 드 라르질리에르 Nicolas de Largillière,
「손 습작」 Study of hands, 1715,
캔버스에 오일, 65×52cm, 루브르 박물관, 파리.

"자기가 자기 자신의 것이라는 사실,

 인생의 묘미는 거기에 있다."

이반 투르게네프 Ivan Sergeyevich Turgenev , 『첫사랑』 *First Love*

내 인생은 나의 것

"의사 선생님이 될 거예요!"

"대통령이오!"

어린 시절 선생님이 꿈을 물어보면 아이들은 이렇게 대답하곤 했습니다. 교실에서 흔히 볼 수 있는 광경이었습니다. 이유를 물어보면 아이들은 엄마가 그러랬어요, 돈 많이 벌랬어요, 이런 식의 대답을 했던 기억이 납니다. 부모님이 원하는 일과 누군가가 인정해주는 일이 언제나 우리의 장래희망 우선순위에 있었습니다.

물건을 정리하다가 우연히 중학교 때 10년 뒤의 자기 모습을 적어보라는 질문지를 들춰보게 되었습니다. 찬찬히 읽어보니 특정 직업을 적지는 않았더군요. 원대한 목표랄 것은 없었고, 그저 제가 좋아하는 일을 하며 사는 게 꿈이었나 봅니다. 쉽게 끓거나 쉽게 식지 않고, 여기저기 기웃거리지 않으며 꿋꿋하게 제가 좋아하는 일을 하려고 합니다. 좋아하는 것이 무엇인지 남들보다 조금 일찍 알게 되었고 무슨 일을 하든 부모님이 강요하지 않았으니 운이 좋은 편이었습니다.

가끔씩 후배들이 지금까지는 하기 싫은 일이라도 꾸역꾸역하며 살아왔는데 도대체 앞으로는 무엇을 하며 살아야 할지 막막하다며 조언을 부탁하면 대답이 궁해집니다. 누군가에게 건넨 조언이 상대방에게 모범 답안을 주지는 못할 텐데 무슨 말을 할 수 있을까요. 그러나 아무것도 하지 않아도 좋다, 편한 대로 살라는 말은 하지 않으려고 합니다. 다만 되고 싶은 것이 있다면, 좋아하는 것이 있다면, 그것이 자신의 뜻이라면 뚝심 있게 계속해나가고 거기서 즐거움을 찾아보라고 조심스레 권하고 싶을 뿐입니다.

며칠 전 컴퓨터로 은행 업무를 보는데 공인인증서를 설치하라는 공지가 떴습니다. 인증기관이 나를 인정하고 증명해주어야만 업무를 볼 수 있다는 뜻이지요. 그러나 우리의 삶은 남에게 증명받을 필요가 없습니다. 누군가에게 인정받으려고 애쓸 필요도 없습니다. 다른 사람들의 잣대에 맞추느라 너무 힘을 뺄 필요도 없습니다. 조금 무심해져야 합니다. 남의 기준에 휩쓸리지 말고 내 마음이 원하는 것에 귀를 기울여야 합니다.

원하지 않는 일을 억지로 계속하는 것은 발에 맞지 않는 구두를 신고 걷는 것처럼 고통스럽게 느껴질 수 있습니다. 좋아하는 것, 하고 싶은 것을 찾아 뜻을 굽히지 않고, 성실하고 뜨겁게 자신의 길을 걸어갔던 화가 반 고흐 Vincent Willem van Gogh, 1853~90의 삶을 기억하면 좋겠습니다. 순도 100퍼센트, 자신만의 색채를 화폭에 온전히 쏟아붓고 "예술로 사람들을 어루만지고 싶다"는 소망으로 예술에 자신의 삶 전부를 걸었던 반 고흐는 살아생전 남들에게 인정받지 못했습니다. 하지만 자신이 선택한 길을 꿋꿋이 걸어간 반 고흐의 삶은 당당하고 행복했습니다. 인생 선배 반 고흐는 열정과 뚝심과 희망의 전도사입니다.

먹고사느라 바쁘고 힘든데 좋아하는 것을 찾으라니, 한가하고 비현실적인 이야기로 들릴 수도 있겠지만 삶에 휩쓸려가다 보면 중심을 잃고 흔들리기 쉽습니다. 인생의 주도권은 내가 쥐어야 합니다.

당신의 삶은 당신 것입니다. 평생 좋아하는 것을 찾아가는 여정, 그것이 인생 아닐까요. 당신의 삶이 반 고흐처럼 죽음까지도 불사할 만한 그 어떤 것에 자신을 활활 태울 수 있는 그런 여정이기를 바랍니다.

　그리스 신화의 오디세우스처럼 우리의 인생길에도 때로는 고난과 역경이 기다리고 있습니다. 그렇더라도 빛나는 나만의 인생을 향해 나의 선택을 믿고 꾸준히, 한걸음씩 발을 내디디며 지금처럼 가는 것, 그게 바로 나다운 삶일 것입니다. 또한 지금까지 한 선택과 결과에 대해 반성할 수는 있지만 자책은 하지 말아야 합니다. 어제의 선택이 모여 오늘의 나를 만들기 때문이지요. 어떤 선택을 하든 나의 선택을 믿어야 합니다. 영화 「인터스텔라」 Interstellar의 캐치프레이즈처럼 우리는 각자의 인생에 맞는 답을 찾을 겁니다. 늘 그래왔던 것처럼요.

　나만의 인생을 살 것인가, 남을 따라가는 복제된 삶을 살 것인가. 그 선택 앞에서 좀더 솔직해지려고 합니다. 인생은 단 한 번뿐이니까요.

빈센트 반 고흐 Vincent Willem van Gogh, 「자화상」 Self-Portrait, 1889,
캔버스에 오일, 57×44cm, 개인 소장.

"저에게는 당당히

행복해질 이유가 있어요.

저는 행복해질 거예요."

샬롯 브론테 Charlotte Brontë, 『제인 에어』 Jane Eyre

행복은 내가 선택하는 것

퇴근길에 핸드크림을 사려고 화장품 매장에 들어갔습니다. 할인행사라도 하는지 매장 안은 학생부터 중년 여성까지 손님들로 북적였습니다. 한 남학생은 여자친구가 권하는 남성용 콤팩트를 살까 말까 망설이는 눈치였습니다. 여대생들은 아이섀도와 립스틱을 정성스럽게 발라보며 화려한 색을 칠한 자신의 얼굴을 거울로 들여다보고 있었습니다. 때로 화장품은 얼굴뿐만 아니라 우중충한 마음의 색깔까지 바꿔주는 색채의 마술사인지도 모르겠습니다.

우리의 가장 빛나는 순간, 요즘 말로 하면 '리즈' 시절은 언제일까요? SNS에는 연예인들의 '리즈' 시절을 담은 사진으로 가득합니다. 누구누구가 '리즈'를 갱신했다는 기사도 볼 수 있습니다. 인터넷에 떠도는 사진이나 기사들은 대부분 외모에 대해 이야기하지만 누군가가 가장 빛나는 순간은 자신이 행복하다고 느낄 때가 아닐까 합니다. 그런데 행복이라는 것은 왠지 나와 상관없이 멀게만 느껴질 때가 많습니다. 도대체 행복하기가 왜 이리 어려운 걸까요.

평소보다 더 잘 써지는 글, 예상치 못한 보너스, 결국 다 사지 못하지만 온라인 서점 장바구니에 착착 담는 책들, 오랜만에 발라보는 화사한 립스틱, 우연히 들어간 카페의 달콤한 핫초콜릿, 보송보송 잘 마른 빨래, 소파에 느긋하게 앉아 과자를 먹으며 보는 영화 한 편, 조성진이 연주하는 쇼팽Frédéric François Chopin, 1810~49의 피아노 협주곡 제1번의 감미로운 2악장, 미세먼지 없는 파란 하늘, 바람에 실려오는 꽃향기, 동네 강아지의 부드러운 발, 가족의 웃음, 샤워 후의 향긋한 레몬차 한 잔, 배려가 느껴지는 말 한마디…. 이렇게 구체적으로 나열해보니 끝이 없습니다. 일상생활에서 아주 사소한 순간에 느끼는 즐겁고 기분 좋은 마음의 빛깔들은 행복이라는 정서에 닿아 있습니다.

스티븐 스필버그Steven Allan Spielberg, 1946~ 감독의 영화 「이티」E.T.를 기억하시는지요. 영화에서 이티가 창고에 가득한 잡동사니들을 한데 끌어 담아 즉석 통신 장치를

피에르 오귀스트 르누아르 Pierre-Auguste Renoir,
「잔 사마리의 초상」 Portrait of Jeanne Samary, 1877,
캔버스에 오일, 56×46cm, 푸슈킨 미술관, 모스크바.

만들어내던 장면은 압권이었습니다. 우리가 찾아 헤매는 행복은 그렇게 일상 속에 흩어져 있는 것인지도 모릅니다. 순간순간 느끼는 기분 좋은 감정들을 끌어 담아 내 것으로 만드는 습관이 필요한 것이겠지요.

앙드레 지드André Paul Guillaume Gide, 1869~1951는 『지상의 양식』The Fruits of the Earth에서 "순간 속에서 행복을 찾아라"고 했습니다. 내가 행복하다고 느끼는 모든 순간을 세심하게 관찰하고 기억 속에 확실히 담아두는 것이 행복을 찾는 방법 아닐까 합니다. 사진을 찍어 SNS에 올리는 것도 그런 이유겠지요. 기분 좋고 즐겁고 뿌듯하고 감사한 마음이 들 때 이미 우리는 행복을 경험하는 겁니다.

행복한 순간을 자주 접하고 오롯이 느끼는 것은 나를 존중하고 나를 사랑하는 방식입니다.

라울 뒤피 Raoul Dufy, 「장밋빛 인생」 Life in Pink, 캔버스에 오일, 1931,
파리 시립현대미술관, 파리.

"결심을 하고 때를 놓치지 말고,

될 듯한 일이면 머리채를 휘어잡듯

꼭 붙잡아야 하네.

결심한 이상 절대로 놓쳐서는 안 돼.

그러면 일은 저절로 되기 마련이지."

괴테 Johann Wolfgang von Goethe, 『파우스트』 *Faust*

지금 시작해도 될까

첫 시험, 첫 출근, 첫사랑, 첫 운전, 첫 무대… 처음이 들어간 단어 앞에서는 늘 설레곤 합니다. 또한 두렵기도 하지요. 제겐 글을 쓰기 시작할 때의 첫 단어, 첫 문장이 설렘과 두려움의 대상입니다. 쓰고 싶은 것도, 하고 싶은 말도 많지만 어떻게 시작해야 할지, 무엇부터 쓸지 고민하게 되지요. 그러다 뭐든 좋으니 우선 생각나는 대로 천천히 한 글자씩 종이에 옮겨봅니다. 그렇게 첫 단어와 첫 문장을 쓰는 설렘과 두려움은 글밭의 씨앗이 되어 책이라는 꽃을 피워냅니다.

살다 보면 '처음'이 줄어드는 시기가 찾아옵니다. 새로운 시도를 하려다가도 지금 시작해도 될까, 너무 늦은 건 아닐까 하는 고민만 하다 시간을 흘려보내게 됩니다. 더구나 힘이 작용하지 않으면 물체는 자신의 운동 상태를 그대로 유지한다는 관성의 법칙이 우리 인생에 적용되기도 합니다. 지금껏 별문제 없이 살아왔는데 구태여 움직일 필요가 있을까 하는 안일한 생각, 굳이 해야 하나 하는 게으름과 귀찮음이 그것입니다. 그러다 결국 현실과 타협해버리고 말지요. 한참 뒤에야 '아, 그때 할걸' 하는 후회가 밀려옵니다.

낚시 장비를 메고 낚시터로 향하는 사람들의 얼굴에서는 월척을 낚겠다는 굳은 결의가 엿보입니다. 그들은 자리를 잡고 앉아 물고기가 모여 있는 곳에 낚싯대를 던져놓고 찌가 움직이기만을 기다립니다. 가끔 낚싯줄을 꺼내 들여다보면 미끼만 없어진 상황. 물고기들이 미끼만 먹고 쏜살같이 사라진 겁니다. 입질조차 없이 몇 시간을 그렇게 앉아 있다가 다음을 기약하며 하는 수 없이 낚시터를 떠납니다.

낚시하는 사람들의 이야기를 들어보면 낚시에는 때가 있다고 합니다. 보이는 물고기는 낚을 수 없다는 말도 하더군요. 낚시뿐만이 아닙니다. 기회라는 것도 눈에 보이지 않습니다. 우리를 기다려주지 않지요. 지나고 나서야 그것이 기회였다는 것을 어렴풋이 깨닫곤 할 때가 부지기수입니다.

귀스타브 쿠르베 Gustave Courbet, 「팔라바 바닷가」The Sea at Palavas, 1854,
캔버스에 오일, 27×46cm, 파브르 미술관, 몽펠리에.

'오늘'은 우리가 매일 처음 맞이하는 것입니다. 오늘, 지금 이 순간이 기회일 수 있습니다. 나를 믿고 첫걸음을 떼야 합니다. 첫걸음은 성공의 발판입니다. 위험을 감수하고 나아가야 합니다. 그렇게 나아가다 보면 인생에서 밀물일 때가 오는 겁니다. 인생의 고수들, 삶의 달인들은 모두 기회를 놓치지 않고 승부수를 던진 사람들입니다. 오늘 당장 무엇이든 새로 시작하고 싶다가도 망설여진다면 피카소Pablo Ruiz Picasso, 1881~1973가 한 말을 떠올려 보세요.

"하지 않고 죽어도 좋을 일만 내일로 미뤄라."

제시 윌콕 스미스 Jessie Willcox Smith, 「감각: 만지기」 The Senses: Touch.

"그러나 나는 걸음을 멈추지 않았다. 어디론가,

어디에라도 나는 가고 있었다."

미시마 유키오 三島 由紀夫, 『금각사』 金閣寺

나는 가야만 한다

『제인 에어』*Jane Eyre*를 쓴 샬롯 브론테 Charlotte Brontë, 1816~55는 집필 초기에 시집을 낸 적이 있습니다. 당시 상황을 고려해 남성의 필명으로 어렵사리 출간한 책이었는데 거의 주목을 받지 못했다고 합니다.

그러나 샬롯은 성정이 굳은 사람이었던 모양입니다. 실패를 했는데도 결코 좌절하지 않고 똑같은 필명으로 자신이 쓴『제인 에어』와 두 동생, 즉 에밀리 브론테 Emily Jane Brontë, 1818~48의『폭풍의 언덕』*Wuthering Heights*과 앤 브론테 Anne Brontë, 1820~49의『아그네스 그레이』*Agnes Grey*라는 소설 세 편을 들고 당당하게 여러 출판사의 문을 두드렸다고 하지요. 안타깝게도 가는 곳마다 모두 거절당했습니다.

샬롯은 과연 어떻게 했을까요? 물론 실망이 이만저만 아니었을 겁니다. 하지만 그녀는 거기서 멈추지 않고 소설을 고쳐 써서 런던의 유명한 출판사로 보냈습니다.

1847년 10월에 『제인 에어』는 드디어 빛을 보았고 엄청난 반향을 불러일으켰습니다. 비평가들이 작품성을 앞다투어 칭찬했을 뿐만 아니라 책이 날개 돋친 듯 팔려나갔다고 합니다. 출판사에서는 이 세 사람이 남성이 아니라는 것을 알고 무척 놀랐겠지요. 그러나 출판사는 이 여성 작가 자매들을 환대했다고 합니다.

자신의 길을 개척한 사람들은 실패에 결코 주저앉지 않습니다. 좌절과 방황의 시기는 누구에게나 힘들고 괴롭지만 그들은 오히려 시련의 시기를 발판 삼아 끝까지 그리고 뚝심 있게 자신의 길을 걸어갔습니다.

그들은 날기 위해 큰 꿈을 꾸다가 현실에 부딪혀 주저앉는 것이 아니라 작은 시작의 씨앗을 뿌리고 마침내 숲을 이루어낸 사람들입니다. 막막하고 버겁더라도 만만치 않은 일상을 헤쳐나가며 내일은 오늘보다 더 나을 것이라는 기대를 품고 저도 한걸음씩 나아가려 합니다.

빈센트 반 고흐 Vincent Willem van Gogh 「씨 뿌리는 사람」 The Sower, 1888,
캔버스에 오일, 64×81cm, 크뢸러 뮐러 미술관, 오테를로.

"우리가 우리 안에 있는 것 가운데

아주 작은 부분만을 경험할 수 있다면,

나머지는 어떻게 될까?"

파스칼 메르시어 Pascal Mercier,

『리스본행 야간열차』 *Night Train to Lisbon*

소심한 일탈

"저는… 안 탈래요."

"무슨 소리예요? 바로 지금이 기회예요. 돌아가면 영영 못 탈 수도 있어요!"

영화 속 대화 같기도 한 이 장면은 옛 프랑스 친구 집에 놀러갔을 때 제게 일어난 일입니다. 한사코 안 타겠다고 버티던 저에게 오토바이를 태워주겠다며 친구의 오빠가 오토바이 헬멧을 건넸습니다. 야속하게도 친구는 외출한 상태였어요. 친구의 어머니는 얌전한 한국 학생이 모처럼 이 머나먼 프랑스까지 놀러왔으니 잊지 못할 추억을 만들어줄 의무가 있다면서 옆에서 친구의 오빠를 부추겼습니다.

지하철과 버스를 제 다리처럼 여기고, 운전할 생각조차 하지 않았던 저에게 오토바이라니. 이 위험천만한 상황은 절대 있을 수 없는 일이었습니다.

웬만해서는 제 뜻대로 하는데, 그날은 무슨 영문인지 떠밀리듯 오토바이 뒷자리에 결국 '앉혀'졌습니다. 순간 그리스 신화의 프시케가 떠올랐습니다. 프시케는 떠나간 남편 에로스를 찾기 위해 갖은 고초를 겪고 마지막 관문까지 통과했습니다. 그러나 미의 여신 아프로디테가 절대로 열어보면 안 된다고 한 상자를 열어버렸지요. 이런 프시케의 호기심 같은 것이 어쩌면 제 안에서 꿈틀거렸는지 모릅니다. 뒷일이 어떻게 될지 두렵기는 했지만 일이 이렇게 된 이상, 한번 타보자 싶었습니다. 난생처음 헬멧을 쓰고 오토바이를 탔습니다.

친구의 오빠가 이제 출발하겠다고 말하자마자 저는 뒷자리의 손잡이를 꼭 잡았습니다. 오토바이는 처음엔 천천히 가나 싶더니 아니나 다를까 집 앞을 벗어나자 뻥 뚫린 시골길을 질주하듯 내달렸습니다.

모퉁이를 돌 때는 마치 「미션 임파서블」^{Mission: Impossible}을 찍는 것 같았습니다. 톰 크루즈가 자유자재로 운전하는 오토바이 뒤에 타면 이런 기분일까요. 친구의 오빠가 옆으로 쏠려 쓰러지지 않을까 싶을 정도로 묘기를 부려 정신이 혼미해질 지경이었습니다.

시간이 조금 지나자 반 고흐의 색채 같은 노란 들판이 눈에 들어왔습니다. 온통 해바라기 밭이었어요. 해바라기가 고개를 향하고 있는 곳을 바라보니 새파란 하늘이 있었습니다.

젊은 프랑스 남자와 오토바이를 타고 해바라기가 핀 들판을 누비다니! 늦은 오후 바람이 실어오는 가을 들판의 꽃향기를 맡으니 사진엽서 속 모델이 된 듯한 착각마저 들었습니다.

오토바이에서 바라보는 풍경에 애정이 피어나던 바로 그때 오토바이의 속도가 느려지기 시작했습니다. 내리고 싶은 마음과 내리고 싶지 않은 마음이 교차하는 순간이었습니다. 오토바이에서 내리자 친구의 오빠는 자신의 아내를 태우고 가끔 드라이브를 하다 오토바이 마니아가 되었다며 밝게 웃었습니다.

덕분에 그 가을날 프랑스 시골 마을에서 펼쳐진 오토바이 드라이브와 해바라기는 제 인생의 가장 큰 일탈로 새겨졌습니다. 만일 오토바이를 타지 않았다면 '그때 해볼걸' 하는 미련이 남았을지도 모르지요.

어떤 일을 할 때 확신을 갖기까지 끊임없이 고민하는

저의 성향 때문에 살면서 제가 경험하지 못한 부분이 얼마나 많았을까 생각해봅니다. 그날은 등 떠밀려 오토바이를 타게 되었지만 이제는 어떤 소심한 일탈을 해볼까 하는 상상만으로도 즐거워집니다.

존 윌리엄 워터하우스 John William Waterhouse,
「판도라의 상자를 여는 프시케」 Psyche Opening the Golden Box, 1903,
캔버스에 오일.

"인생에는 해결책이 없습니다. 움직이는 힘들만 있을 뿐이지요. 그 힘들을 창조해야 합니다. 그러면 해결책은 저절로 따라오지요."

앙투안 드 생텍쥐페리 Antoine Marie Jean-Baptiste Roger de Saint-Exupéry, 『야간 비행』 *Night Flight*

비우면 채워지는 것들

얼마 전 김치 냉장고가 말썽을 부렸습니다. 김치 냉장고는 마치 나 좀 고쳐달라며 비명을 지르는 것처럼 한 번씩 쿵쿵 떨어지는 듯한 소리를 냈습니다. 곧장 서비스 센터에 연락했더니 다행히도 기술자가 한달음에 달려왔습니다. 어머니가 차를 권했더니, 기술자는 집이 깨끗해 앉기가 미안하다며 소파 모서리에 걸터앉더군요. 누군가 집에 오면 대개 이런 식입니다. 처음 방문하는 손님들은 다들 새집이냐고 물어봅니다.

어머니는 언제나 집 안을 말끔하게 가꿉니다. 화려한 장식품이 없는 작고 단출한 집이지만 어머니는 사람의 손길이 닿지 않는 공간은 금세 지저분해지기 마련이라며 늘 깨끗하게 청소합니다.

어머니 나이에도 외모에 신경 쓰고 예쁘게 꾸미는 사람이 많은데, 어머니는 용모를 그저 단정하게 유지할 뿐

앙리 마티스 Henri Matisse, 「열린 창문을
등지고 앉아 있는 여인」 Seated Woman, Back
Turned to the Open Window, 1922,
캔버스에 오일, 73.5×92.5cm.

입니다. 대신 집안일에 신경을 더 많이 씁니다. 항상 집 안 구석구석을 잘 관리하는 어머니를 보면 저절로 존경심이 우러납니다. 그러면서도 행여 힘드실까 걱정되어 가끔 한 마디씩 던지게 됩니다.

"엄마, 오늘은 좀 가만히 쉬세요."

"움직여야지. 움직이지 않는다는 건 죽은 것과 마찬가지 아니겠어?"

항상 이렇게 결론 날 줄 알면서도 잊을 만하면 어머니에게 똑같은 말을 합니다. 나이가 들수록 무기력해지는 것을 두려워하는 어머니이기에 그 마음을 헤아리지 못하는 것은 아니지만 걱정스러운 마음에 잔소리를 하게 됩니다.

깔끔한 것을 좋아하는 저도 어머니만큼은 아니지만 청소를 좋아합니다. 바쁘다는 그럴싸한 핑계 때문에 큰맘 먹고 날을 잡아야 할 때가 많지만 한번 시작하면 구석구석 먼지를 털고 쓸고 닦습니다. 소품 배치도 살짝 바꿔봅니다. 그러다 보면 묵은 감정들이 씻겨 나갑니다. 그동안 쌓아둔 필요 없는 물건들을 과감히 치우고 마음의 잡동사니들도 나누어서 버립니다.

꽉 차 있는 컴퓨터 드라이브의 파일을 정리하면 컴퓨터 속도가 빨라지고 저장 공간에도 여유가 생깁니다. 마찬가지로 집 안 청소를 하고 나면 과부하에 걸렸던 몸과 마음이 한결 가벼워집니다. 매일 사무실에 앉아 똑같은 동작만 반복하던 묵직한 팔과 다리에 힘이 생기고, 괴롭고 힘든 기억을 조금씩 덜어낼 수 있습니다. 역시 어머니는 생활의 핵심을 잘 아는 것 같습니다.

빈 공간이 생겨야 새로운 것들을 채울 수 있습니다. 비우면 다시 채워집니다. 나의 소박한 공간을, 나 자신을 더 사랑하게 됩니다. 그러니 나만의 공간에 틈이 깃들도록 부지런히 움직여야겠습니다.

"마음의 눈에 보이는 것만을 붙잡으려는 일념에 다른 것은 다 잊고, 온 힘을 다해 자신의 독특한 개성을 캔버스에 쏟아붓고 있는 것 같았다."

서머싯 몸 William Somerset Maugham,
『달과 6펜스』 *The Moon and Sixpence*

내 심장이 가리키는 대로

그리스 신화의 에로스는 화살을 쏘아 누군가를 사랑에 빠지게 했다고 하죠. 그가 쏜 화살촉에 맞은 자는 그 누구도 피해갈 수 없었습니다. 태양신 아폴론까지도 요정 다프네에게 빠져버렸으니까요. 제 심장에도 에로스가 화살을 쏘아대곤 하는 것 같습니다. 이따금씩 마음이 뜨거워질 때가 있거든요. 사랑의 화살을 맞아 뜨거워지는 제 심장이 가리키는 것이 과연 무엇인지 깊이 들여다보려 합니다. 그런 노력은 대개 '나는 누구인가' 하는 질문으로 이어집니다.

셰익스피어 William Shakespeare, 1564~1616는 『리어왕』*King Lear*에서 "내가 누구인지 말할 수 있는 자는 누구인가"라는 대사를 남겼습니다. 불확실하고 불완전하지만 그럼에도 내가 누구인지 자신 있게 말할 수 있는 사람은 바로 나 자신이 아닐까요. 내가 어떤 사람인지 알기 위해 나 자신

에게 가장 자주 던지는 질문은 "내 마음은 무엇을 가리키
는가"입니다.

무엇을 선택하든 제 마음이 향하는 곳을 보려고 노력
했습니다. 어떤 일이든 좋거나 싫은 점이 있겠지만 싫은
것조차도 받아들일 수 있을 만큼 그 일을 사랑할 수 있어
야 한다는 게 제 나름의 지론이었지요. 다행히 제가 좋아
하는 것을 발견할 때마다 중도에 내던지지 않고 지금까
지 꽤 오랜 시간 동안 함께 세월의 강을 건너왔습니다. 물
론 선택에는 늘 고민이 따랐고, 지속하거나 더 잘하기 위
해 고된 노력을 했지만 제가 선택한 일이기에 후회한 적
은 많지 않았습니다.

언젠가 제 마음은 다른 곳을 향할 수도 있을 겁니다. 다
른 사람들과 다른 일을 하라고 제 마음이 가리킬지도 모
르겠습니다. 그때도 역시 저는 제 영혼의 손짓을 따르려
고 합니다. 삶을 밀고 나가는 힘은 마음에 있으니까요. 마
음은 내 삶의 파수꾼입니다.

물론 좋아하는 일만 하며 살 수는 없을 겁니다. 좋아하
는 일보다는 해야 하는 일을 선택해야 하는 경우도 있을
테니까요.

파울 클레 Paul Klee, 「하트의 여왕」 The Queen of Hearts, 1922,
크리스티스, 런던.

하지만 이렇게 마음을 자세히 들여다보는 습관이 제 삶의 방향을 결정해주곤 합니다. 힘든 순간을 넘어설 수 있는 용기와 힘을 줍니다.

파울 클레 Paul Klee, 「큰길과 옆길」Highway and byways, 1929.

"있잖아요, 잘 살펴보면 알게 되는 것 같아요."

마르그리트 뒤라스Marguerite Duras,

『히로시마 내 사랑』*Hiroshima, My Love*

감정을 살피는 시간

직장생활은 벙어리 3년, 귀머거리 3년이라는 말이 있지요. 충실히 직장생활을 하다 보면 어느 순간 적응이 되어 진정한 직장인으로 거듭날 수 있다고들 말합니다. 하지만 이 말은 우스갯소리로 끝나지 않습니다. 사회에서는 보고도 못 본 척, 들어도 못 들은 척해야 하는데, 비단 극비 문서나 소문에만 해당되는 이야기가 아니기 때문이지요. 할 말이 있어도 하지 못하고 화가 나도 화내지 못하고 울고 싶어도 울지 못하는 모든 상황에서 그렇습니다. 게다가 스트레스를 적절히 해소하지 못하면 병이 나거나 적응하지 못해 결국 회사를 떠나게 될 수도 있습니다. 제 지인들도 집에서 툭하면 짜증을 내게 되고 밤에는 악몽 때문에 잠을 설쳐 괴롭다고 하더군요.

지금 현재 내가 느끼는 감정에 과연 얼마나 충실한가 생각해보게 되는 말이었습니다. 사람들은 '카르페 디엠'

Carpe diem을 외치며 오늘을 살라고 말합니다. 가만히 생각해보면 그 말에는 오늘의 즐거움을 만끽하라는 뜻도 있지만 지금 나의 감정을 살펴보라는 의미도 담겨 있는 것 같습니다.

한 소년이 방파제에 구멍이 뚫려 물이 새는 것을 발견하고 손가락으로 구멍을 막아 재난을 피했다는 네덜란드 동화가 있습니다. 손가락으로 막을 수 있을 만큼 아주 작은 구멍을 초기에 막았기에 방파제가 무너지지 않았지만 만일 크고 센 물줄기였다면 도저히 불가능한 일이었을 겁니다.

감정도 마찬가지 아닐까요. 때로 우리는 자신의 감정을 똑바로 들여다보지 않거나 외면하곤 합니다. 그러나 지금 당장은 괜찮다고 무시해버린다면 풀리지 않은 감정의 물결이 거대한 파도를 이루어 우리를 무너뜨릴 수도 있습니다. 그래서 우리에게는 오늘 하루 타인 때문에 또는 다른 이유로 혹사당한 나의 감정을 냉정하게 바라보고 다독이는 시간이 필요합니다.

하루에 한 번 혼자 조용히 감정을 살피는 시간, 자신과 마주하는 시간을 가져야 합니다. 우리가 느끼는 모든 감

구스타프 클림트 Gustav Klimt,
「헬렌 클림트의 초상」Portrait of Helene Klimt, 1898,
카드에 오일, 60×40cm, 베른 시립 미술관, 베른.

정, 즉 기쁨과 즐거움 또는 슬픔과 분노를 억누르지 말고 솔직하게 받아들여야 합니다. 오늘 저지른 실수나 아무리 노력해도 회복되지 않는 틀어진 관계에 발목 잡혀 곱씹으며 자책하거나 마음속에 앙금이 남아 불필요한 에너지를 소비하지 말아야 합니다. 흩어져 있는 감정과 생각의 에너지를 집중시키고 나를 배려하고 다독이는 습관이 필요합니다. 자신을 소중히 여기고 자신의 삶을 우선순위에 두어야 합니다.

알프레드 스티븐스 Alfred Stevens,
「거울을 보고 있는 소녀」 Girl in Front of a Mirror.

"모든 안락함은 뼈아픈 고통이

　지나간 뒤에 온다."

나쓰메 소세키 夏目漱石,

『나는 고양이로소이다』吾輩は描である

기다림의 끝에 있는 것

'무명'이라는 말보다는 '아직 알려지지 않았다'라는 말을 좋아합니다. '안될 거야'라는 말보다는 '해낼 수 있어'라는 말을 좋아합니다. '소용없어'라는 말보다는 '한번 해봐'라는 말을 좋아합니다. 저는 이 말들 뒤에 가려진 인내와 기다림의 순간들을 읽어내려 합니다.

늦여름이 되면 이웃집 마당의 감나무가 서서히 익어가는 풍경을 매일 관찰합니다. 초록빛을 띠는 단단한 감은 나뭇가지를 꼭 붙잡고 매달려 봄비와 여름의 태양 그리고 겨울의 눈보라를 견뎌냅니다. 마침내 가을이 오면 태양과 비바람이 배어든 감은 빨갛고 부드러운 홍시로 태어납니다.

나무 또한 작은 수풀을 이루려면 기다림이 필요합니다. 수풀이 커다란 숲을 이루려면 그보다 더욱 긴 시간이 필요하지요. 작은 씨앗이 묘목이 되고, 튼실한 나무가 되

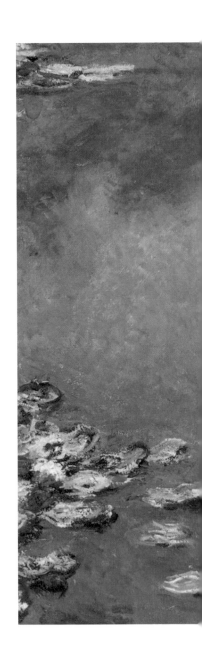

클로드 모네 Claude Monet,
「수련」 Water Lilies, 1906,
캔버스에 오일, 88×93cm,
아트 인스티튜트, 시카고.

고, 마침내 숲이 되려면 마찬가지로 태양과 바람과 계절의 변화를 모두 견뎌내야 합니다.

10년이 넘도록 화가로서 인정받지 못하고 가난에 허덕이던 모네Claude Monet, 1840~1926는 가족의 생계를 책임지지 못해 스스로 생을 포기하려 했습니다. 아무도 그의 예술 세계를 이해하지 못하고 멸시했으니 얼마나 외롭고 고통스러웠을까요. 그러나 모네는 주저앉거나 절망하지 않았습니다. 지난한 여정 속에서도 자신의 실력을 끝없이 갈고닦았습니다. 그는 좌절에 좌절을 거듭하면서도 결코 포기하지 않았습니다.

지칠 줄 모르는 열정, 자신에 대한 굳건한 믿음과 근성, 인내의 토양에서 꽃피운 것은 빛이 수놓은 찰나의 아름다움을 담은 혁신적인 작품들이었습니다. 결국 모네는 당시 획일적으로 과거를 답습하던 미술계를 뒤흔들어 밤하늘의 폭죽처럼 미술사에 화려한 획을 긋게 된 겁니다. 화폭에 담을 풍경을 포착하기 위해 빛을 따라다니면서 꿋꿋한 예술혼을 붓끝에 담았을 모네의 모습을 상상하면 마음이 뜨거워집니다. 이렇게 인내와 기다림은 인생의 절정을 향해 가는 과정입니다.

완성될 그림을 상상하며 화가가 캔버스에 조금씩 색을 입히듯 삶의 순간들을 묵묵히, 충실하게 채워나가고 싶습니다. 그렇게 채워진 것이 인생이라는 그림으로 완성될 테니까요. 쉽지는 않겠지요. 그러나 자신에 대한 믿음을 놓지 않고 매일 작은 성취를 이루며 내밀한 인내의 시간을 이겨내다 보면 자신이 원하는 모습에 좀더 가까이 다가갈 수 있을 겁니다. 가장 고통스럽고 힘겨운 순간을 겪고 나면 비로소 가장 빛나는 순간을 맞이할 수 있는 것처럼요. 우리의 삶은 한 단계 도약하게 될 것입니다. 그래서 삶을 인내와 기다림이라고 하나 봅니다.

"행복해지기만을 바란다면 곧 그렇게될 수 있다.

그러나 다른 사람들보다 행복해지기를 바란다면

그건 언제나 어려운 일일 수밖에 없다.

우리는 다른 사람들이 실제보다

행복하다고 생각하기 때문이다."

몽테스키외 Montesquieu, 『생각들』 *My Thoughts*

택시와 세레나데

좀처럼 택시를 타지도, 탈 일도 없지만 점심시간에 급히 서점에 다녀와야 할 일이 있어 간만에 택시를 잡아탔습니다.

"안녕하세요, 손님! 어디로 모실까요?"

"안녕하세요. 교보문고로 가주세요. 가깝긴 하지만 서둘러 다녀와야 해서요."

"네, 차만 막히지 않으면 금방 갑니다."

그런데 도밍고 José Plácido Domingo Embil, 1941~ 가 부르는 「토셀리의 세레나데」Toselli's Serenade가 택시 안을 가득 채우고 있었습니다. 이탈리아 가곡에 빠진 기사님이라니. 오십대 중반쯤 되었을까 싶은 웃는 얼굴의 기사님의 성격이 둥글둥글하다는 사실은 단번에 알아차릴 수 있었습니다.

"도밍고를 좋아하시나 봐요? 아니면 이탈리아 가곡을 좋아하세요?"

"허허, 그냥 노래가 좋습니다. 이런 가곡이 없었다면 도대체 어떻게 살았을까 싶어요. 며칠 뒤에 구민 합창대회에 나가는데 제가 독창 부분을 맡게 되어서 맹연습을 하고 있습니다."

"어머나, 이탈리아 가곡을 듣는 택시도 처음 타고 독창을 하는 기사님도 처음인데요."

"이런 반응을 보인 손님도 처음입니다. 엄청 반갑네요! 그런데 사실 「토셀리의 세레나데」는 디 스테파노가 부른 버전이 훨씬 마음에 들어요. 아시죠, 디 스테파노?"

"그럼요!"

"뭐랄까, 명확한 아티큘레이션도 마음에 들고 노래 마지막 부분에서 살며시 꿈꾸듯 사라져가는 느낌이 있거든요. 힘차고 열정적인 도밍고도 좋지만 애잔함이 있는 디 스테파노 같은 성악가가 「토셀리의 세레나데」나 이탈리아 가곡에 가장 잘 어울리는 가수일 거라고 저는 생각해요."

음악을 좀 아는 기사님이었습니다. 택시 안에서 「토셀리의 세레나데」에 대해 이야기를 나누게 될 줄은 몰랐습니다. 맑고 청아하며 풋풋한 미성을 지닌 테너 디 스테파노 Giuseppe Di Stefano, 1921~2008가 칼라스 Maria Callas, 1923~77의 다소 투박하고 거친 목소리를 상쇄해주었다고나 할까요. 두 사람은 함께 일한 기간도 짧았고 자주 언쟁을 벌인 데다 사이도 좋지 않았지만 이 두 사람이야말로 명콤비였습니다. 차라리 칼라스가 처음부터 디 스테파노와 연인이었다면 어땠을까요. 오나시스 Aristotle Onassis, 1906~75 같은 사람은 아예 거들떠보지도 않았다면. 그랬다면 디 스테파노와 말년에 어정쩡하게 만나 그렇게 허무하게 끝나지 않았을지도 모르지요. 그런 생각을 하고 있는데 기사님이 명랑한 목소리로 말했습니다.

"그래도 한 가지 버전만 들어서야 되겠습니까. 그래서 요즘은 도밍고 버전을 연습하고 있지요. 조만간 결정을 해야죠, 어떤 버전을 선택할지."

"행복한 고민을 하고 계시네요."

"행복이라… 가진 건 별로 없지만 이대로도 참 좋아요. 남과 비교하기 시작하면 나 자신에게 만족하지 못해 평생 행복을 느끼지 못할 수도 있습니다. 그냥 웃어야 합니다. 웃으면 복이 온다잖아요."

이야기를 주고받다 보니 금세 서점에 도착했습니다.

"꼭 좋은 결과 있기를 바랄게요."

"고맙습니다. 남은 구간도 노래와 함께해야지요."

운명은 우리에게 작은 신호를 보내는데 그것을 어떻게 받아들이느냐에 따라 우리의 행복이 결정된다는 영화 대사도 있지요. 기사님은 그 의미를 일찌감치 터득하고 노래로 표현하는 분이었습니다. 이렇듯 만나면 행복해지는 사람들이 있습니다. 삶의 기쁨을 아는 사람들이지요.

에드가 드가 Edgar Degas, 「장갑을 낀 여가수」 Singer with a Glove, 1878,
캔버스에 파스텔과 템페라, 53×41cm,
하버드대 포드 미술관, 케임브리지.

"문득 그 무엇보다 소중한 내 몸을 이제는

괴롭히지 말아야겠다는 생각이 들었다."

라오서 老舍, 『낙타 샹즈』駱駝祥子

내 몸이 하는 말

장수한 예술가와 작가들의 생활습관에 관한 자료를 읽은 적이 있습니다. 규칙적인 생활을 한 사람들이 장수한 경우가 많더군요. 반면 요절한 사람으로는 모차르트Wolfgang Amadeus Mozart, 1756~91, 쇼팽, 슈베르트Franz Peter Schubert, 1797~1828, 라파엘로Raffaello Sanzio da Urbino, 1483~1520, 반 고흐, 모딜리아니Amedeo Clemente Modigliani, 1884~1920, 에드거 앨런 포Edgar Allan Poe, 1809~49, 랭보Jean Nicolas Arthur Rimbaud, 1854~91, 카프카Franz Kafka, 1883~1924 등이 있었습니다. 그중에서도 라파엘로는 일에 대한 추진력과 집착에 가까운 열정으로 37세에 죽음을 맞이했다고 합니다. 일에 대한 열정이라면 빠지지 않는 저는 이 대목을 유심히 읽었습니다.

컴퓨터 앞에 앉아 하루 종일 일하다 보니 오른쪽 어깨가 불편해서 왼손으로 마우스를 사용하게 되었습니다. 급

할 때는 오른손이 먼저 나서게 되어 양손이 엇갈리곤 합니다. 자판을 쉬지 않고 빠른 속도로 두드려댈 때는 피아니스트 베레좁스키 Boris Vadimovich Berezovsky, 1969~ 로 빙의한 기분이 듭니다. 피아니스트들에게는 일종의 위협처럼 느껴지는 리스트 Franz Liszt, 1811~86의 「초절기교 연습곡」 Transcendental Studies을 땀을 뻘뻘 흘리면서 연주하는 듯한 착각에 빠지기도 하지요.

앉아서 작업하는 것을 좋아하다 보니 어느새 그것이 몸에 밴 습관이 되었습니다. 대여섯 시간쯤은 책상 앞에 앉아서 일해도 끄떡없을 정도로 자신 있습니다. 하지만 손가락이 보이지 않을 만큼 빠르게 자판을 두드리다 보면 온 신경은 자판과 컴퓨터 화면에만 쏠리고 눈과 어깨, 손목, 손가락, 다리는 소리없는 아우성을 지릅니다.

운동을 싫어하는 제가 하는 수 없이 운동을 시작했을 때 강사는 평소에 어떤 부위가 불편하게 느껴지는지 물었습니다. 컴퓨터를 많이 사용해서 눈이 건조하거나 뻑뻑하고, 너무 바쁘거나 힘들면 위장도 불편하고, 항상 앉아있기 때문에 목이나 허리, 다리, 손목과 손가락도 뻐근하고… 생각해보니 늘 앉아서 일하기 때문에 거의 매일같이 그런 불편함을 느끼는 것 같았습니다.

사무실에 앉아서 일하는 사람들에게는 한 가지 공통점이 있습니다. 머리가 이끄는 대로 몸이 따라가면 된다고 생각하는 것이었습니다. 저도 그들 가운데 하나였겠지요. 몸이 힘들다고 신호를 보내도 정신력으로 버텨내겠다며 그런 신호들을 무시해왔던 겁니다. 운동을 싫어해서 운동과 계속 담을 쌓고 살다가 몸이 제게 반격을 가한 적도 있습니다.

지휘자 아바도Claudio Abbado, 1933~2014는 서로의 말을 들어주는 것이 삶에서 가장 중요한 것이라고 했습니다. 그리고 음악이야말로 "듣는 방법에 대해 가장 잘 알려준다"고 했지요. 음악의 선율에 몰입하고, 다른 사람의 말은 잘 들어주려고 무던히도 노력하면서 내 몸이 하는 말에는 제대로 귀 기울이지 못했던 것 같습니다.

갈수록 힘이 듭니다. 더 잘해야 하고, 민감하게 이것저것 살펴야 하고, 신속하게 해결해야 하는 일들은 왜 그렇게 많은지요. 강사는 그럴수록 틈틈이 몸 상태를 살피라고 했습니다. 지금 내 몸은 편안한가, 잠깐 쉬고 싶은 건 아닌가, 물을 마시고 싶은가 등의 질문을 해야 한다는 것이었어요. 대수롭지 않다고 여기는 것들을 방치하다가 자칫 큰 병에 걸릴 수 있다고 했습니다.

정신력만 강하면 어떻게든 버텨낼 수 있다고 착각했던 시절이 있습니다. 그때를 생각하면 대형 버섯이 떠오릅니다. 머리는 비대한 반면 버섯대는 허약해서 머리를 겨우 받치고 서 있는 형국이지요. 그러다 보니 과부하가 걸리고 하루하루가 피로해집니다.

그래서 요즘은 바쁜 와중에 짬을 내어 몸이 하는 말에 가만히 귀를 기울여 보곤 합니다. 우선 창문을 열어 환기를 시키고, 컴퓨터 화면에서 눈을 떼고 창밖의 하늘을 바라봅니다. 천천히 목과 어깨를 돌려봅니다. 긴장된 온몸의 근육에 힘을 빼봅니다. 향긋한 라벤더 차도 한 잔 마셔봅니다. 삶의 속도를 조금 늦추려고 노력할수록 내 몸이 말하는 소리가 더 잘 들리는 것 같습니다.

인생길에서 중요한 것은 길다면 긴 시간 동안 정신과 육체의 조화를 이루기 위해 끝까지 노력하는 것입니다. 종종 인생을 100미터 달리기가 아닌 마라톤에 비유하는데, 지금까지 살아온 경험에 의하면 완주하기 만만치 않은 코스인 것 같습니다. 그러니 삶의 속도를 조절할 줄 알

아야 합니다.

튼튼한 집을 짓기 위해서는 뼈대가 견고해야 하듯 우선 신체가 건강해야 합니다. 그리스 신화에 등장하는 에로스와 프시케가 결합하여 기쁨이라는 자녀를 낳았다는 이야기는 삶을 살아가는 데 있어 신체와 정신의 조화가 얼마나 중요한지를 상징적으로 보여주는 예가 아닐까 합니다. 우리는 "건강한 신체에 건강한 정신이 깃든다"는 말을 대수롭게 넘기지 말아야 합니다.

존 슬론John Sloan,
「일요일, 머리를 말리는 여자들」Sunday, Women drying their hair, 1912,
애디슨 미국미술관, 매사추세츠.

"오만 가지 악기소리가 귓가에 울리는가 하면 어떤 때는 아름다운 노랫소리가 귓전에 맴돌지 뭡니까."

윌리엄 셰익스피어 William Shakespeare, 『템페스트』 *The Tempest*

음악이 내 곁에 온 날

오늘 회의 시간에 차이콥스키 Pyotr Ilyich Tchaikovsky, 1840~93의 피아노 협주곡 제1번이 떠올랐습니다. 지휘자 카라얀 Herbert von Karajan, 1908~89과 피아니스트 리흐테르 Sviatoslav Richter, 1915~97의 대결구도 또는 신경전 속에서 녹음된 그 전설적인 명반의 연주가 어쩌다 떠올랐을까 생각해보니 러시아적인 멜랑콜리 때문이 아니라 큰 행사를 앞두고 모두 팽팽하게 긴장해 있던 탓 같습니다. 누군가 조금만 더 강한 어조로 말을 했다가는 뭔가 폭발할 것 같은 일촉즉발의 긴장감이 감돌았지요. 끝날 듯 끝나지 않는 기나긴 회의 시간 동안 강렬하고 웅장하며 스펙터클한 제1악장이 머릿속에서 재생되어, 회의 도중 저와 상관없는 부분은 그냥 흘려버렸습니다.

상황에 따라 제 의도와 관계없이 마음대로 재생되는 음악은 몇 시간 동안 드문드문 머릿속을 떠다니기도 하고, 며칠 동안 뇌리에서 떠나지 않을 때도 있습니다. 제 머릿속 서랍에는 음악이 차곡차곡 저장되어 있습니다. 용량에는 한계가 없는 것 같습니다. 장르와 연주자, 시대를 막론하고 오래전부터 이 서랍 속에 저장된 음악은 청소를 할 때도, 버스나 지하철을 기다릴 때도, 밥을 먹다가도 뇌의 어딘가에서 다운로드 되어 곧바로 자동 재생됩니다.

음악이 언제 어떻게 제게로 왔는지 차근차근 떠올려 보면 무언가에 홀린 듯 라디오를 듣기 시작했던 초등학생 시절이 생각납니다. 라디오의 다이얼을 돌려가며 주파수를 맞추다 테너 파바로티Luciano Pavarotti, 1935~2007, 피아니스트 폴리니Maurizio Pollini, 1942~ , 바이올리니스트 밀스타인Nathan Milstein, 1904~92의 연주에 빠지기도 했고 엘비스 프레슬리Elvis Aaron Presley, 1935~77의 목소리나 빌 에반스Bill Evans, 1929~80의 피아노 소리에 빨려 들어가기도 했지요. 음악이 제게로 온 건 그때부터였던 것 같습니다.

밤늦게까지 라디오를 끼고 살았던 라디오 키드였던 저는 신기하게도 음악만 있으면 하루가 즐거웠습니다. 음악은 저에게 점점 떼려야 뗄 수 없는 무언가가 되어가고 있었습니다. 그러다 방송국에 음악에 관한 사연을 보내 빨간 벨벳 커버가 씌워진 미니 라디오를 선물받기도 했지요. 어느 날 우연히 발견한 소프라노 칼라스의 「기억될 만남」Incontri memorabili의 음반 재킷과 흡사한 색상이었던 그 라디오 커버의 부드럽고 도톰한 질감을 또렷이 기억합니다. 저의 소녀 시절은 마루에 엎드려 라디오 볼륨을 적당히 맞춰놓고 바둑이가 마당에서 노는 모습을 바라보던 오후 한때의 기억과 맞닿아 있습니다.

　감정 기복이 심한 편은 아니지만 일을 하다 보면 스트레스를 피할 수 없습니다. 술도, 커피도 안 마시는데 도대체 어떻게 스트레스를 푸느냐는 질문을 종종 받습니다. 제 나름대로 여러 가지 비결이 있지만 가장 약효가 뚜렷한 스트레스 처방전은 음악입니다. 음악은 마음을 차분하게 가라앉혀주기도 하지만 때로는 샌드백이 되어주기도 합니다. 잽, 훅, 어퍼컷! 보이지 않는 주먹을 멜로디에 시원하게 날려봅니다. 음악을 들을 수 있는 시간에는 이따금씩 이어폰을 끼고 바이올린 현이 끊어지기 직전까지 치솟는 클라이맥스에 제 영혼을 실어봅니다. 솟구치듯 팽창하는 바이올린 연주에 언제 그랬냐는 듯 스트레스는 공중으로 날아가 버립니다.

어느 별자리 책에 이런 말이 적혀 있더군요.

"물고기자리들은 되도록 저항하지 않고 해왕성의 시원한 물로 그 분노를 계속 씻어냅니다."

폭포수 같은 그 시원한 물이 저에게는 음악인가 봅니다.

음악 없는 제 인생은 지극히 슬픈 모습이었을 겁니다. 오래전 에프 알 데이비드F. R. David, 1947~ 의 노래「음악」Music의 가사처럼요. 좋아하는 연주자의 공연을 보러 자주 박차고 떠날 수 없어 안타까운 마음이 들다가도 이렇게 언제 어디서든, 축복처럼 쏟아지는 음악의 물로 샤워할 수 있어 행복합니다.

음악이란 신이 제게 보내준 선물입니다.

피에르 오귀스트 르누아르 Pierre-Auguste Renoir,
「피아노 치는 소녀들」 Girls at the Piano, 1892,
캔버스에 오일, 116×90cm, 오르세 미술관, 파리.

"오케스트라는 잠시 후에 들려줄 기적 같은
음악적 조화의 진가를 청중들에게 깨닫게
해주려는 듯 유난히 심하게 불협화음을 내고
있었다."

프랑수아 사강 Françoise Sagan,
『브람스를 좋아하세요』 Do you like Brahms?

나는 예술가

피아노에 손가락을 얹으면 그 연주에 매혹되지 않는 사람이 없습니다. 폭풍우가 잠잠해지고 사나운 짐승과 나무까지 춤을 춥니다. 세상의 모든 피조물은 선율에 매혹되고 순한 마음으로 물들었습니다. 아름다운 음악으로 추악함은 사라지고 사랑과 평화가 찾아왔습니다.

제 손가락에서 피어나는 선율로 이런 장면이 연출된다면 얼마나 황홀할까요. 그러나 이것은 그리스 신화에 등장하는 오르페우스의 이야기입니다. 태양신 아폴론과 뮤즈 칼리오페 사이에서 태어난 오르페우스는 아름다운 노래로 사람들을 홀려 파멸시키는 인어 세이렌을 천상의 리라 연주로 압도해 살아남은 유일한 존재였다고 합니다.

중학생 시절 쇼팽의 발라드 제1번을 연주했을 때 선생님께 제법 칭찬을 받았습니다. 하지만 폴리니나 아르헤리치 Martha Argerich, 1941~ 같은 거장의 연주를 들은 후 제 손과

귀의 괴리감을 느끼고 주눅 들었던 기억이 납니다. 제 귀에는 거장들의 웅장하고 심오한 피아노 협주곡이 들리는데 제 손가락은 건반 위에서 헤맸던 겁니다.

요즘엔 거장들의 연주를 들으며 카라얀이나 아바도처럼 머릿속으로 지휘를 하고, 카잘스Pablo Casals, 1876~1973가 되어 첼로의 활을 긋고, 하이페츠Jascha Heifetz, 1901~87가 되어 바이올린을 자유자재로 켜고, 하스킬Clara Haskil, 1895~1960이 되어 피아노 건반을 종횡무진합니다. 취미가 피아노 연주에서 음악 감상으로 바뀌게 된 것이지요.

취미와 놀이는 동일하다고 볼 수 있습니다. 그림, 사진, 뜨개질, 꽃꽂이, 요리, 여행, 영화 감상, 악기 연주, 춤 등을 즐기며 놀 때 우리는 행복해집니다. 직장에서 효율성을 외치며 열정을 다했다면 집에서는 비효율적인 행위에 자유롭게 몰입하며 즐거움을 만끽해야 합니다. 어떤 경우에는 놀이의 수준이 높아지면서 실력 향상이 목표가 될 때도 있습니다. 취미가 슬슬 고통으로 자리 잡는 순간이지요. 즐기기 위해 하는 놀이가 취미의 궁극적인 목표라는 사실을 잊어버리기도 합니다.

취미 활동을 하다 보면 결과물이 신통치 않을 때도 있

프란체스코 브루네리 Francesco Brunery, 「불협화음 이중주」 Un duo discordant,
패널에 오일, 65×53.5cm.

습니다. 하지만 조금 서툴면 어떤가요. 우리는 취미를 통해 소소하지만 확실한 행복을 누릴 수 있습니다. 생활에 활력이 생깁니다. 관심 있는 것이 많아질수록 사는 게 즐거워집니다. 무언가를 꾸준히, 집중해서 계속하면 취향도 깊어집니다.

피에르 오귀스트 르누아르 Pierre-Auguste Renoir,
「아르장퇴유의 정원에서 그림을 그리는 모네」 Monet painting in his garden at
Argenteuil, 1873, 캔버스에 오일, 50×61cm,
하트퍼드 미술관, 코네티컷.

"책을 한 권 한 권, 한 장 한 장 읽어 내려가는

정신의 기쁨은 사뭇 다릅니다.

그로 인해 겨울밤은 정답고 아름다운 것이 되며,

복된 생활에 손발도 따뜻해집니다.

아아, 당신도 귀중한 옛 서적을 읽는다면,

천국이 당신에게로 내려오는 것처럼

느껴질 것입니다."

괴테 Johann Wolfgang von Goethe, 『파우스트』 *Faust*

문장을 빨아들이는 흡혈귀

또 쏟아져버렸습니다.

제 책장에 쌓여 있는 책 더미는 몇 번이나 무너진 적이 있습니다. 아무래도 책장을 또 사야 할 것 같습니다. 지난번에 구입한 책장에 책을 끼워넣기가 무섭게 책이 늘어나 똑같은 상황이 되어버렸습니다.

쏟아진 책 속에서 뭔가 툭 튀어나와 들여다보니 예전에 다녀온 앙리 마티스Henri Émile-Benoît Matisse, 1869~1954의 전시회 티켓이었습니다. 조슈아 벨Joshua David Bell, 1967~ 의 연주회 티켓도 있었습니다. 그 외에도 책 속에 끼워둔 것이 꽤 많더군요. 영화 티켓, 공연 전단지, 시향지, 여행지에서 산 그림엽서와 책갈피, 지난가을의 낙엽…

프루스트Valentin Louis Georges Eugène Marcel Proust, 1871~1922는 "독서는 독서한 장소와 그날의 이미지를 남긴다"고 했는데, 책에 끼워둔 물건들도 제게 그날의 장소와 이미지를

빈센트 반 고흐 Vincent Willem van Gogh,
「파리의 소설들」Still-Life with French Novels and
a Rose, 1887,
캔버스에 오일, 73×93cm, 개인 소장.

남기곤 합니다.

책은 일종의 만남입니다. 책을 읽던 그 시절 나와의 만남이기도 하고 책을 쓴 작가와의 만남이기도 합니다. 독자들은 책을 읽으며 작가와 대화를 나눕니다. 영화 「미드나잇 인 파리」Midnight in Paris는 1920년대로 돌아가 파리의 예술가들과 만나는 이야기를 소재로 하고 있지요. 책을 펼치는 순간 요술봉을 휘두르듯 마법이 일어납니다. 셰익스피어, 제인 오스틴Jane Austen, 1775~1817, 헤밍웨이Ernest Miller Hemingway, 1899~1961, 생텍쥐페리Antoine Marie Jean-Baptiste Roger de Saint-Exupéry, 1900~44, 카뮈Albert Camus, 1913~60 등등 수많은 작가가 눈앞에 나타나 이야기를 들려주고 우리는 질문을 합니다. 놓치고 싶지 않은 귀하디 귀한 시간입니다.

어린 시절 붙박이처럼 방에 앉아 두문불출하며 읽고 끼적이던 저를 순식간에 다른 곳, 다른 시간으로 데려다준 것은 책이었습니다. 책은 당장 갈 수 없지만 가보고 싶은 곳, 가보고 싶은 시간으로 언제나 저를 데려다주었습니다. 또한 책은 다른 사람의 심정을 조금이나마 상상하고 헤아릴 줄 아는 배려심, 위안과 용기를 주었습니다. 영화 「유 콜 잇 러브」You Call It Love에 이런 대사가 나오지요.

"만약 평생 듣고 싶은 노래가 있다면, 넌 그런 노래일 거야."

제겐 책이 그런 노래입니다.

프랑스 문단에서 가장 뛰어난 작가로 꼽히는 미셸 투르니에Michel Tournier, 1924~2016는 한 권의 책을 출판하는 것을 "흡혈귀들을 풀어놓는 것"에 비유했습니다. 책이란 피를 많이 흘려 마르고 굶주린 새들인데, 그 새들은 살과 피를 가진 존재인 독자를 찾아 그 온기와 생명으로 제 배를 불리기 위해 미친 듯이 군중 속을 헤매고 다닌다는 것이지요.

그런데 책을 읽다 보면 오히려 제 자신이 흡혈귀가 되는 듯한 느낌을 받곤 합니다. 꼼짝 않고 책 속에 빠져 문장을 빨아들이는 흡혈귀 말입니다. 통째로 삼켜버리고 싶은 충동이 드는 문장들, 저를 지탱해주는 문장들이 곳곳에 있는 고전을 읽다 보면 고된 생활로 메마른 내면이 물기를 머금고, 희열과 행복이 솟아납니다.

"벽은 천장에 이르기까지 모두 책꽂이다.
거기에는 팸플릿과 발췌 인쇄물이 담긴 상자들,
온갖 종류의 책, 사전, 백과사전, 시, 희곡이
꽂혀 있다.
벽 앞에는 훌륭한 축음기가 놓여 있고,
그 옆에는 레코드 수백 장이 줄지어 있다.
창문 밑에는 붉은 목재로 만든 침대가 있고,
벽과 책꽂이에는 도미에, 엘우드 그레이엄,
티치아노, 다빈치와 피카소, 달리와
조지 그로스의 복제품들이 눈높이 위치에
여기저기 핀으로 꽂혀 있어 보고 싶으면
볼 수 있다."

존 스타인벡 John Ernst Steinbeck , 『통조림공장 골목』 *Cannery Row*

오래 머무르고 싶은 곳

　유난히 햇빛이 잘 드는 방입니다. 고풍스러우면서도 마음을 편안하게 해주는 색상의 책상과 책장이 있고, 한쪽에는 그림 작업을 할 수 있게 화실 같은 독특한 분위기의 공간이 마련되어 있습니다. 책상 위에는 향긋한 꽃이 가득한 꽃병이 하나 놓여 있고 공책과 펜이 늘 준비되어 있습니다. 책상에서 책을 읽다가 잠깐 쉬기 위해 천장을 올려다보면 미켈란젤로Michelangelo di Lodovico Buonarroti Simoni, 1475~1564, 앵그르Jean-Auguste-Dominique Ingres, 1780~1867, 들라크루아Eugène Delacroix, 1798~1863, 모네, 반 고흐, 클림트Gustav Klimt, 1862~1918의 그림들이 걸려 있습니다.

　책장에는 저만의 방식으로 선별한 책, 이를테면 고전소설과 시집, 수필, 미술과 음악 관련 서적, 국어 사전과 외국어 사전을 언어별로 꽂아두었습니다. 책상 옆에는 턴테이블 한 대와 클래식, 재즈, 샹송 등 수백 장의 음반을 줄지어 보관해두었습니다. 그림 그리는 공간에는 온갖 색상의 물감과 다양한 크기의 스케치북, 색연필을 가지런히 놓아두었지요. 그곳은 인터넷이 없는 저 혼자만의 단절된 공간입니다. 한 번 들어가면 기분이 좋아져 나가기 싫은, 오래 머무르고 싶은 곳입니다.

여기까지는 제가 그려본 저만의 가상 화실 겸 서재입니다. 하지만 현실은 늘 이상과는 다른 모습일 때가 많지요. 무엇보다도 책장은 책 때문에 몸살을 앓고 있습니다. 책장을 여러 개 사서 책을 꽂아두었지만 어느 순간부터 책을 사는 데 가속이 붙어 신공을 발휘하게 되었습니다. 겉으로 보기에는 책들이 제자리에 착착 꽂혀 있는 것 같지만 자세히 들여다보면 책을 꽂아놓고 남은 자투리 공간까지 빈틈없이 효율적으로 활용해야 하는 형국이지요. 잘못 건드려서 책이 우르르 쏟아진 다음부터는 좁은 틈새도 놓치지 않고 활용하고 있습니다.

언젠가 작가 콜레트 Sidonie-Gabrielle Colette, 1873~1954의 이야기를 읽은 적이 있습니다. 콜레트는 책과 함께할 수 있는 장소와 시간을 얻으려고 애썼다고 합니다. 말년에 질병 때문에 몸을 움직일 수 없게 되었을 때도 침대에서 꼼

펠릭스 발로통 Félix Vallotton, 「서재」 The Library, 1921.

짝하지 않고 책을 읽고 글을 썼다고 하지요.

물론 정해진 장소에서 글을 읽고 써야 하는 것은 아닙니다. 저는 주로 방에서 책을 읽거나 글을 쓰지만 언제나, 어디서나 할 수 있습니다. 식당, 카페, 지하철, 버스, 공원, 공항의 벤치 등 장소를 가리지 않고 책을 읽고, 작은 공책이나 냅킨 또는 핸드폰 메모장에 떠오르는 대로 글을 쓰기도 합니다. 읽고 쓰고 싶다는 충동을 불러일으키는 곳, 집중할 수 있는 곳, 혼자서 읽고 쓸 수 있는 모든 곳이 서재가 됩니다.

그래도 언젠가는 제 취향대로 작은 서재 겸 화실을 마련해야겠습니다. 그곳은 제가 세상에서 가장 사랑하는 공간이 될 테니까요.

카를 슈피츠베크 Carl Spitzweg, 「책벌레」The Book Worm, 1850,
캔버스에 오일, 49.5×26.8cm, 게오르크 셰퍼 미술관, 슈바인푸르트.

"내가 움직이지 않으면 그 문은 열리지

않을 것이다.

절대로 움직이지 않는다.

나는 내가 움직이리라는 것을 알고 있다.

그러면 문은 천천히 열릴 것이다."

시몬느 드 보부아르 Simone de Beauvoir,

『위기의 여자』A Woman on the Verge

내 인생을 위한 무한도전

일하는 동안에는 한눈을 팔거나 시간을 허투루 보낼 틈이 없습니다. 워낙 잠이 없는 편이긴 하지만 졸음 따위가 끼어들 틈도 없습니다. 정확하고 깔끔하게 일을 처리해야 하는데 '한꺼번에 여러 가지를 당장'이라는 조건이 붙는다면 이야기는 달라집니다. 많은 일을 효율적으로 처리하기 위해 집중해도 일하는 도중 상사와 동료, 전화 때문에 방해를 받게 되지요.

그래서 한번에 몰려드는 급한 일거리를 하나하나 처리하려면 심호흡부터 하고 마음을 가다듬어야 합니다. 컴퓨터 화면에 창을 열 개 띄운다 해도 동시에 열 가지 일을 처리할 수는 없으니까요.

돌아보니 지금 직장에서 일한 지 어느새 10년이 되었습니다. 어떤 일에 금방 싫증을 내는 성격은 아니지만 변화를 위해 어디든 5년 정도만 머무는 것을 목표로 삼았던 제게는 놀라운 일입니다. 같은 일을 반복하고 열심히 할수록 직업이란 내가 무엇을 할 수 있는지, 어떤 것을 좋아하는지 시도하는 끊임없는 삽질의 결과물이라는 생각이 듭니다. 인생도 마찬가지일 겁니다.

19세기 중반 미국에는 골드러시가 있었습니다. 캘리포니아 금광지대에 많은 사람이 몰려들었습니다. 오스트레일리아, 시베리아 등 역사 속에서 금을 발견하고자 하는 욕망은 도처에 존재했지만 실제로 금을 발견한 사람은 극소수뿐이었다고 합니다.

우리 인생의 길목에는 황금보다 소중한 것들이 보이지 않는 곳에 묻혀 있습니다. 어느 분야에 재능이 있을지 모르니 살아 있는 동안 가능한 한 많은 것을 경험하라고 누군가는 말합니다. 그것이 싫어하는 일일지라도 말입니다. 최소한 좋아하는 것을 발견하기 위해서라도 도전을 멈추어서는 안 될 것 같습니다. 이것이 나와 잘 맞는지, 내 능력의 한계가 어디인지, 어떠한 어려움이 있어도 극복해내고 싶을 만큼 좋아할 수 있는지 또는 버려야 할지 선별해내기 위해 여러 분야의 땅을 파보는 작업을 계속해야 합니다.

빈센트 반 고흐 Vincent Willem van Gogh,
「삽질하는 여인」Peasant Woman Digging, 1885,
캔버스에 오일, 46×32cm, 크뢸러 뮐러 미술관, 오테를로.

더 깊게, 더 넓게, 더 꾸준히 그리고 열심히 삽질해야 하고 필요하다면 '맨땅에 헤딩'도 해야 합니다. 화가 세잔은 사과가 썩을 때까지 그림을 그리고 또 그렸다고 합니다. 어디 그뿐인가요. 고향 엑상프로방스로 다시 돌아온 시점부터 죽을 때까지 그곳에 남아 자연의 형태와 속성, 다시 말해 본질을 묵묵히 탐구하면서 자신만의 방식으로 독자적인 예술 세계를 펼쳐나갔습니다.

골드러시는 미국 역사에서 짧은 기간에 발생했지만 우리의 도전은 계속되어야 합니다. 누구의 인생도 아닌, 바로 내 인생을 위해서 말입니다. 노마십가駑馬十駕라는 말이 있지요. 둔한 말이 열 수레를 끈다는 뜻인데, 재주보다는 성실이 우선이고 열심히 하다 보면 목적을 이룰 수 있다는 의미입니다. 우리의 꾸준한 삽질로 인생은 한층 풍요로워집니다.

빈센트 반 고흐 Vincent Willem van Gogh,
「낫으로 풀을 베는 소년」 Boy Cutting Grass with a Sickle, 1881,
종이에 수채화 물감, 47×61cm, 크뢸러 뮐러 미술관, 오테를로.

2

사랑

우리를

살게 하는 것

"두 사람의 삶 속에서 피어난 벚꽃인가."

마쓰오 바쇼 松尾芭蕉,

『하이쿠와 우키요에, 그리고 에도 시절』

첫사랑

닿을 듯 닿지 않을 듯
수줍은 두 손

남자는 살며시 여자의 손을 잡았습니다
여자는 조용히 남자의 손을 쥐었습니다

발그레해진 두 사람을
분홍빛 꽃나무가 감싸 안았습니다

두 사람은 말없이 걷고 또 걸었습니다
꽃길인지 꿈길인지 모를 그 길을

봄바람에 왈츠를 추는 꽃송이들
그 한가운데서

두 사람의 생애는 새롭게 피어납니다

그리고 두 사람은 가슴속에 가만히 새겨둡니다
마주 잡은 손에서 전해지는 서로의 따스함을*

* 제시 윌콕스 스미스의 그림 「첫사랑」을 모티프로 쓴 글.

제시 윌콕스 스미스Jessie Willcox Smith, 「첫사랑」First Love, 1909년경.

"이렇게나 그 모습이 나를 따라다닐까!
자나 깨나 꿈속에서조차 내 영혼을
차지하고 있다."

괴테 Johann Wolfgang von Goethe,

『젊은 베르테르의 슬픔』 *The Sorrows of Young Werther*

당신에게 빠지다

그가 눈앞에 서 있었습니다.

빛나는 눈동자에 인상이 강렬한 그는 이 세상의 전부인 것처럼 느껴졌습니다. 사랑은 드디어 현실 속 이야기가 되었습니다. 그가 들려주는 이국의 이야기들은 사랑의 바다에 주저 없이 뛰어들게 했습니다. 상처나 고통이라는 말을 생각하거나 앞뒤를 재고 따질 틈조차 없었습니다. 사랑은 그렇게 다가왔습니다. 수많은 갈채 속에서 화려하게 피어났지만 더없이 무료했던 일상을 멀리 하고, 언제 가라앉을지 모를 사랑의 바다에 푹 빠져버렸습니다. 단 한 번도 경험해본 적 없는 활활 불타는 감정에 휩싸여버렸습니다. 노래와 상상 속에서만 존재했던 사랑이 실제로 존재했던 겁니다.

세기의 프리마 돈나 마리아 칼라스. 한평생 노래에 모든 것을 바쳤던 그녀는 그렇게 사랑에 전부를 걸고 한 남

귀스타브 카유보트 Gustave Caillebotte,
「예르강에서 수영하는 사람들」Bathers on the Banks of the Yerres, 1878,
캔버스에 오일, 156×116.9cm, 개인 소장.

자에게 빠져들었습니다. 사랑에 빠진 사람은 자기 자신을 잊는다고 하지요. 그러나 사랑은 아팠습니다. 칼라스는 깊은 상처를 입고 말았습니다. 결국 쓸쓸히 외롭게 홀로 죽음을 맞이했지만 토스카*이자 노르마**였던 그녀가 가장 행복했던 순간은 노래와 사랑에 빠졌을 때였다고 합니다. 가슴속에 불덩이를 품고 사랑에 뛰어든 여인 칼라스의 삶은 뜨거웠습니다.

예전에 잠깐 수영을 배운 적이 있습니다. 물을 그다지 좋아하지 않지만 잠수까지 제법 해냈던 기억이 납니다. 잠수할 때는 유난히 크게 심호흡을 하고 눈을 감은 채 무사히 잠수하는 장면을 머릿속에 떠올렸습니다. 그렇게 해야만 물에 들어갈 수 있었습니다. 몇 차례를 반복해도 익숙해지지 않더군요. 그대로 가라앉아버리면 어쩌나 하는 두려움이 마음속 깊이 자리 잡고 있었기 때문인 것 같습니다.

---

* 자코모 푸치니가 작곡한 오페라 「토스카」Toska의 여주인공. 칼라스는 여러 차례 토스카역을 연기했다.

** 빈첸조 벨리니가 작곡한 오페라 「노르마」Norma의 여주인공. 이 오페라는 칼라스가 노르마역을 맡아 연기하면서 인기를 얻었다.

잠수할 때 "사랑에 빠지다"라는 말을 떠올리곤 했습니다. 이 단어는 강이나 바다를 염두에 둔 게 아닐까 싶었습니다. 한 번 빠지면 깊이도 넓이도 헤아릴 수 없으니까요. 무언가에 빠진다는 것은 고통과 두려움의 파도가 밀려와도 그것을 넘어설 각오가 되어 있다는 것을 의미하는 게 아닐까요.

그래서이겠지요. 전부를 걸고 아낌없이 사랑하는 사람들을 보면 모두 활짝 피어난 꽃처럼 아름다워 보입니다. 사랑은 소나기처럼 갑자기 온다고 하지요. 언젠가 제게도 제 심장을 팔딱팔딱 뛰게 하는 사랑이 다가오면 두려움 없이 온전히 마음을 내어줄 수 있을까 생각해봅니다. 그리고 지금은 그림과 문장 속에 흠뻑 빠져봅니다.

"그녀는 과연 언제쯤 나에게 관심을 보일까?"

찰스 디킨스 Charles John Huffam Dickens,

『위대한 유산』 *Great Expectations*

짝사랑

건널목 앞에 서 있습니다
빨간불이 켜졌습니다
건너가지 말아야 합니다

그런데 내 마음의 신호등은 파란색입니다
내 안에는 늘 당신이 있어 나는 자꾸 당신에게
건너가려고 합니다

당신 마음의 신호등은 무슨 색인지 알 길이 없습니다
당신과 내 신호등의 색깔이 같기만을 바랄 뿐입니다

그래도 내 신호등은 여전히 파란색일 겁니다
당신에게 "건너와도 좋습니다"라는 말을 들을 때까지

그날이 언제가 될지는 모르지만

아무 말 하지 않겠습니다

오늘도 그리고 내일도

기다림에 익숙해져도

나는

행복합니다*

* 에밀 프리앙의 그림 「그림자의 효과」를 모티프로 쓴 글.

에밀 프리앙Émile Friant, 「그림자의 효과」Cast Shadows, 1891,
캔버스에 오일, 117×67cm, 오르세 미술관, 파리.

"내 길을 가로막지 말고 내가 떠날 수 있도록 해줘.
나도 고요한 시냇물처럼 참고 견디면서
고통스러운 걸음을 기쁨으로 삼고 걷다 보면,
결국 님이 계신 곳에 가게 될 거야.
그럼 숱한 고난 끝에 축복받은 영혼이 낙원에서
쉬듯이 나도 거기서 마음 놓고 푹 쉴 테야."

윌리엄 셰익스피어 William Shakespeare ,
『베로나의 두 신사』 The Two Gentlemen of Verona

오직 사랑만이
그녀가 그에게

거울 속에 당신이 서 있었어요.

누구신가요, 당신은? 이렇게 내 마음을 두근거리게 하는 당신은?

나는 좁은 첨탑에 갇혀 살고 있어요. 베틀 앞에 앉아 거울에 비친 풍경을 화려하게 짜내는 게 나의 일과입니다. 해가 뜨고 달이 뜨고 매일 똑같은 일상이 반복되는 무미건조한 나날이었어요. 내게는 기쁨도 슬픔도 고통도 없었지요. 그리고 메마른 일상에 지쳐가고 있었습니다.

거울 속에서 당신을 봤어요. 당신은 왜 그 거울 속에 있었나요? 이유는 알 수 없어요. 그리고 처음으로 알게 되었어요, 그리움이라는 말을. 나는 바깥세상으로 나가고 싶어졌습니다. 단 한 번이라도 좋으니 당신의 얼굴을 보고 싶어졌습니다. 처음으로 창밖을 내다봤어요.

이제 거울은 두 조각이 났습니다. 나는 배를 탔어요. 뱃

존 윌리엄 워터하우스 John William
Waterhouse,
「샬롯의 아가씨」 The Lady of Shalott, 1888,
캔버스에 오일, 153×200cm,
테이트 미술관, 런던.

머리에 내 이름을 새겨넣었습니다. 나에게 어떤 일이 일어날지 이미 알고 있었습니다. 나는 조용히 배에 누웠습니다. 이 배는 나를 당신이 있는 곳으로 데려다주겠지요.

이마를 건드리는 바람의 손길, 귀를 간질이는 새의 노랫소리, 꽃과 나무의 향기, 부드러운 강물의 움직임… 모든 것이 처음입니다. 살아 있다는 건 이런 느낌이군요. 당신 덕분에 알게 되었어요.

아, 이 배는 곧 당신에게 닿으려나 봅니다. 나는 운명의 바람이 떠미는 대로 서서히 눈을 감겠지요. 당신은 살아 있는 내 모습을 볼 수 없겠지요. 사랑은 치명적이군요. 그러나 거부할 수 없었어요. 당신을 보지 말았어야 했을까요? 내게 현명함이 부족했던 걸까요? 그저 첨탑 안에 갇혀 평생을 고통도, 그리움도, 기쁨도 없이 고인 물처럼 살면서 목숨을 부지해야 했을까요? 나는 어리석게도 죽음의 여행을 선택한 것일까요? 아뇨. 나는 죽는 것이 아닙니다. 나는 운명의 저주를 받은 게 아니라 운명의 힘을 믿은 것입니다. 당신을 보았기에 나는 태어났습니다. 나는 이제야 비로소 살아 있음을 느끼고 있어요. 사랑이 없다면 살아도 산 것이 아님을 알게 되었어요.

비록 당신은 나를 모르지만 나는 나를 살게 만든 당신을 사랑합니다. 랜슬롯의 기사여, 나를 기억해주세요. 나는 샬롯의 아가씨랍니다.*

* 샬롯의 아가씨 전설을 모티프로 재구성한 글.

"그들에게 절대적으로 필요한 것은 서로뿐이었다.

그것으로 그들은 충분했다."

나쓰메 소세키 夏目漱石, 『문』門

너는 내 운명

"그녀의 눈은 나의 눈이다… 그녀의 눈. 그녀의 두 눈은 얼마나 커다랗고 동그랗고 맑은가! 그것은 나의 눈이고, 나의 영혼이다."

남자는 여자의 눈동자에 비친 자신의 눈을 들여다보았습니다. 여자가 마치 오래전부터 자신을 알고 있는 것 같았어요. 자신의 현재와 미래까지도 아는 듯했습니다. 자신의 아내가 될 여인! 그런가 하면 여자는 남자의 푸른 눈동자 속에서 마치 하늘에서 내려온 듯한 푸른빛을 보았습니다. 지금껏 보아온 사람들의 눈동자와는 달랐습니다. 두 사람은 서로의 눈에 빠져들었습니다. 불멸의 사랑이 시작되는 순간이었습니다.

꿈을 찾기 위해 길을 떠난 남자는 꿈을 포기해도 좋을 만큼 강렬한 운명의 상대를 만나게 되었습니다. 하지만 남자는 유대인 하층 노동자의 자식이었고 여자는 부유한 상류층 집안의 딸이었습니다. 여자는 배우가 되기 위해 공부하고 있었습니다. 여자의 부모가 남자를 받아들일 리 없었겠지요. 감히 어디 너 따위가 우리 딸을! 하는 마음이 었을 겁니다. 하지만 남자의 사랑은 쉽사리 식지 않았습니다. 여자를 깊이 사랑했던 남자는 대단한 결심을 했던 모양입니다. 자신의 입지를 다져 여자와 약혼하게 되었거든요. 여자의 부모는 남자가 여전히 못마땅했지만 마침내 두 사람은 결혼식을 올립니다.

여자는 남자가 그리는 그림의 유일한 모델이 되었습니다. 여자는 남자의 그림에서 연인, 신부, 꽃으로 피어났고 캔버스는 마법 같은 화려한 색채로 물들어갔습니다. 두 사람의 세상은 파라다이스였습니다. 남자는 예술과 삶에 진정한 의미를 부여하는 색깔은 오직 사랑의 색이라고 굳게 믿었습니다.

안타깝게도 사랑의 시간은 평생 지속되지 못했습니다. 여자가 병으로 세상을 떠났을 때 남자의 슬픔은 이루 말할 수 없었습니다. 남자는 한동안 손에서 붓을 놓아버렸습니다. 남자에게 상실의 시대가 찾아왔습니다. 그의 손끝에서 단 하나의 작품도 탄생하지 못했습니다.

파실리 칸딘스키Wassily Kandinsky, 「말을 탄 연인」Couple riding, 1906,
캔버스에 오일, 55×50.5cm, 렌바흐 하우스 미술관, 뮌헨.

세월이 흘러 남자는 재혼했지만 여자는 남자의 마음속에서 잊히지 않았습니다. 캔버스에는 여전히 여자의 모습이 그려졌습니다. 남자와 여자는 그림 속에서 행복한 표정을 짓고 있었지요. 여자는 남자에게 첫사랑이자 아내, 소울메이트, 뮤즈, 조력자, 안내자, 단 하나의 여성, 그 무엇과도 바꿀 수 없는 온전한 사랑이자 모든 것이었습니다.

이 두 사람은 예술사에서 서로를 가장 사랑했던 부부로 회자되곤 합니다. 남자는 화가 샤갈, 여자는 그의 아내 벨라입니다.

폴 시냑Paul Signac, 「펠릭스 페네옹의 초상」Portrait of Félix Fénéon, 1890,
캔버스에 오일, 74×95cm, 뉴욕 현대미술관, 뉴욕.

"이상한 운명이 우리를 서로 떨어질 수 없게 맺어놓았습니다. 이젠 이 세상의 그 무엇도 우리를 갈라놓을 수 없어요."

알렉산드르 푸시킨 Aleksander Sergeevich Pushkin,
『대위의 딸』 The Captain's Daughter

애인 바꾸기

취급주의.

유리로 된 모든 물건에는 늘 조심스럽게 다루라는 경고가 붙어 있습니다. 오늘 마트에서 산 맑고 투명한 물컵에도 이런 경고 스티커가 붙어 있었습니다. 눈에 보이는 물건은 깨지면 금방 알 수 있지만 보이지 않는 감정은 금이 갔는지도 모르고 지나쳐버리기 마련이지요. 사랑도 깨지기 쉬운 유리 같은 것이라고 경고하는 오페라가 있습니다.

18세기 후반이 배경인 모차르트의 「여자는 다 그래」Così fan tutte에는 수없이 사랑을 확인하고 맹세해 결혼까지 약속한 연인들이 주인공으로 등장합니다. 이 오페라의 소재는 한마디로 '애인 바꾸기'입니다. 피오르딜리지와 도라벨라라는 화려한 이름만큼이나 미모가 빼어난 두 여인에게는 굴리엘모와 페르란도라는 멋진 약혼자가 있습니다. 약혼자들은 장교로 친구 사이기도 하지요. 또한 굴리엘모와 페르란도에게는 철학자 친구 돈 알폰소가 있습니다.

편의상 우리식 이름으로 바꾸어 설명하면 지현이와 효진이가 여주인공이고 민호와 수현이 각각의 약혼자입니다. 민호와 수현에게는 동욱이라는 철학자 친구가 있는 겁니다. 다양한 경험을 한 동욱은 철학자이면서 연애의 고수이기도 하지요.

이들은 어느 날 여성의 정숙함에 대해 논쟁을 벌이게 됩니다. 동욱은 세상 여자들에게 정숙함이라는 건 허울 좋은 겉치레일 뿐 다 거기서 거기라고 합니다. 민호와 수현은 발끈합니다. 자신들의 애인만큼은 절대로 그럴 일이 없을 거라고 반발하죠. 경험 많은 동욱에겐 민호와 수현이 사랑을 모르는 철부지 애송이로 보였겠지요. 얼마나 약이 올랐으면 민호와 수현은 동욱과 내기까지 하게 되었을까요.

애인을 철석같이 믿는 민호와 수현은 거짓 연극의 주인공이 되기를 자처합니다. 여기서부터 드라마가 시작되지요. 이들은 다른 나라 전쟁에 군인으로 참전하게 되었다면서 지현, 효진과 이별하는 척합니다. 그러고 나서 외국인으로 변장한 뒤 연인들 앞에 다시 나타나죠. 이제 원래의 애인을 바꾸어 작업을 걸 겁니다. 그러니까 변장한 상태에서 민호가 효진에게, 수현이 지현에게 상대를 바꾸어 고백하지요.

지현과 효진은 처음엔 이들을 돌 같이 보며 꿈쩍도 하지 않습니다. 그런데 열 번 찍어 안 넘어가는 나무 없다더니 과연 그렇습니다. 어쩌면 변장술이 제법 근사했는지도 모르겠습니다. 믿는 도끼에 발등 찍힌다더니, 민호와 수현은 울화통이 터집니다. 그런데 더 놀라운 것은, 남자들도 애인을 바꿔보니 오히려 이게 더 재미있다고 느낀다는 겁니다. '처음부터 이렇게 만날 걸 그랬나?' 하는 마음이 들더라는 것이지요. 급기야는 바꾼 상대와 결혼까지 하게 됩니다.

이때 전쟁터에 나갔다던 민호와 수현이 느닷없이 돌아옵니다. 변장을 푼 겁니다. 말도 안 되는 이야기 같지만 인생에 말 되는 일만 일어나는 것은 아니지요. 지현과 효진은 황당한 이 상황에서 고개조차 들 수 없게 되었습니다. 변명조차 소용이 없습니다. 그나마 다행인 건 지금까지 결혼이 가짜였다는 사실이지요. 지현은 원래대로 민호에게로, 효진은 수현에게로 극적으로 돌아갑니다. 하지만 지현과 효진도 기분이 좋을 리 없을 겁니다. 죽고 못 살 것 같던 애인들이 자신들을 시험했으니까요.

이들의 관계가 오래 지속되었는지는 알 수 없습니다. 아무리 시험이었다 해도 남자들로서는 애인의 변심을 두 눈으로 똑똑히 목격했고, 여자들로서는 시험 대상이 된 사실이 억울하니 모르긴 몰라도 피차 사랑하는 마음이 전과 같지는 않을 듯합니다.

드라마도 이런 드라마가 없습니다. 이 오페라의 제목 「여자는 다 그래」를 「인간은 다 그래」로 바꿔야 할 판입니다. 아무리 영원한 사랑을 맹세해도 사랑은 쉽게 깨질 수 있다는 것을 모차르트는 일찌감치 간파했습니다. 그러고 보니 사랑을 유리 같다고 한 추억의 가요도 생각납니다. 사랑이라는 유리가 깨지지 않도록 소중히 다뤄야겠습니다.

구스타프 클림트 Gustav Klimt, 「사랑」 Love, 1895,
캔버스에 오일, 60×44cm, 빈 미술사 박물관, 빈.

"그들은 수천, 수만 명이지만 로라는

딱 한 사람뿐이야."

테네시 윌리엄스 Tennessee Williams,

『유리 동물원』 *The Glass Menagerie*

처음이자 마지막 사랑

태양을 지고지순하게 바라보는 해바라기를 볼 때마다 떠오르는 사람이 있습니다. 화가 모딜리아니의 연인이자 뮤즈였던 에뷔테른Jeanne Hébuterne, 1898-1920입니다.

에뷔테른이 모딜리아니를 만난 것은 그녀가 19세 때였다고 합니다. 열네 살이라는 나이 차가 있는데도 그들의 첫 만남은 강렬했고 열렬한 사이로 발전하게 되었지요. 모딜리아니는 그녀를 예전부터 알고 지냈던 것처럼 느꼈다고 합니다. 에뷔테른도 모딜리아니를 숙명처럼 받아들입니다. 부유한 에뷔테른의 집안은 유대인에다 가난하고 사회적으로 인정받지 못하는 모딜리아니를 받아들이지 않았습니다.

그러나 그들의 사랑을 막을 수 있는 것은 아무것도 없었습니다. 두 사람은 딸을 낳게 되었습니다. 생계는 조금도 나아지지 않았지만 모딜리아니는 열심히 그림을 그렸습니다. 남편 모딜리아니가 여자 모델과 가까이 지내도, 술과 약물을 달고 살아도 에뷔테른은 작품을 위해 어쩔 수 없는 일이라 여기며 아무 말도 하지 않았다고 하지요.

에뷔테른이 둘째 아이를 임신했을 때 모딜리아니의 건강은 더욱 악화되었고 가난은 끈질기게 계속되었습니다. 어떠한 어려움 속에서도 두 사람의 사랑은 견고했지만 모딜리아니는 에뷔테른과 어린 딸을 두고 먼저 세상을 떠나게 됩니다. 잘생긴 외모와 매력적인 성격, 여성 편력까지 있었던 모딜리아니의 마지막 사랑이었던 에뷔테른도 극도의 슬픔에 시달리다 「자살」이라는 그림을 남기고 22세의 젊디젊은 나이에 죽음을 선택하고 맙니다.

화가 지망생이었던 에뷔테른은 자신의 유일한 사랑이었던 모딜리아니를 위해 모든 것을 포기하고 헌신적으로 모딜리아니의 재능과 예술혼을 꽃피워준 여성입니다. 모딜리아니를 운명처럼 받아들이고 끝까지 헌신한 에뷔테른의 사랑은 니체가 말한 아모르 파티 Amor fati 그 자체였습니다.

모딜리아니의 초상화 속 에뷔테른은 길쭉한 얼굴과 목이 긴 여인의 모습으로 단순하게 표현되어 있습니다. 드

아메데오 모딜리아니 Amedeo Clemente Modigliani,
「큰 모자를 쓴 잔 에뷔테른」 Portrait of Jeanne Hebuterne In a large hat, 1918,
캔버스에 오일, 54×37.5cm.

러낼 수는 없지만 마음속 어딘가 꼭꼭 숨겨둔 슬픔과 고독, 우아함과 신비로움이 깃들어 있습니다. 에뷔테른의 모습을 보면 모딜리아니와 에뷔테른의 사랑 이야기를 읽을 때의 미묘한 감정들이 솟아납니다.

아메데오 모딜리아니 Amedeo Modigliani, 「자화상」 Self-Portrait, 1919,
캔버스에 오일, 100×65cm, 상파울루 대학교 현대미술관, 상파울루.

"자네의 마음속에서 진심으로 우러나온 것이 아니면, 사람들의 마음을 울리지 못하네."

괴테 Johann Wolfgang von Goethe , 『파우스트』 *Faust*

당신과 나의 다정한 문장

'마음을 번역해준 남자.'

『냉정과 열정 사이』Between Calmness and Passion로 유명한 소설가 츠지 히토나리辻仁成, 1959~ 에게 제가 붙인 별명입니다. 그는 소설가로 데뷔했을 당시 다른 사람들의 편지를 대필하는 일을 했다고 합니다. 처음에는 입소문 아르바이트나 다름없었는데 대필을 생업으로 삼으면 어떨까 고민했을 정도로 성황을 이뤄 많은 갈등을 했다고 합니다.

마음을 제대로 전하지 못하는 사람들을 위해 편지를 대신 써준다는 것은 어지간히 어렵고 까다로운 일이 아니었을 겁니다. 두 시간 정도 의뢰인의 이야기를 듣고 내용을 추측해 말로 표현할 수 없는 누군가의 진심을 담아야 했으니까요. 히토나리는 편지가 사람의 마음을 비추는 거울이고, 사랑과 이별, 기쁨과 슬픔, 인생의 엇갈린 희비가 담겨 있기 때문에 어떠한 가식이 끼어들 여지가 없다고 말합니다. 그래서 이메일이나 전화로는 전할 수 없는 한 사람의 마음을 다른 사람의 마음에 닿게 하기 위해 힘을 쏟았던 겁니다.

오랜만에 제 편지 상자를 들춰봤습니다. 학창 시절부터 지금까지 모아둔 편지들을 자주 읽지도 않으면서 버리지 못하는 까닭은 순간순간의 마음들이 그 안에 고스란히 담겨 있기 때문입니다. 여행 갔을 때 만난 프랑스 노부인과 주고받은 편지 수십 통, 선생님과 지인들의 편지, 학창 시절 친구들의 짧은 메모를 들여다보며 그 속에 담긴 시절을 추억해봅니다.

소중한 사람들의 손길, 미소, 목소리, 향기 그 모든 것이 손으로 쓴 편지 속에 들어 있습니다. 편지는 그리움입니다. 편지는 누군가에게 닿으려는 마음입니다. 4차 산업혁명을 이야기하는 시대이지만 아무리 뛰어난 첨단 기계가 나온다 하더라도 편지는 사람만이 쓸 수 있는 진심의 언어가 아닐까 합니다. 편지 속의 사람 냄새가 그립습니다.

델핀 엔졸라스 Delphin Enjolras, 「편지」 The Letter, 71×52cm.

"나는 그녀를 지배하고 싶지 않았다.

다만 그녀를 사랑하리라."

하인리히 뵐 Heinrich Theodor Böll,

『아홉 시 반의 당구』 *Billards at Half-Past Nine*

사랑이 찾아온 날

그가 그녀에게

이런 것이었군요.

지금껏 나는 누군가를 좋아해본 적이 없습니다. 늘 바빴고 내게 다가온 여성들은 그저 스쳐 지나갔을 뿐입니다. 그들 가운데 내가 마음에 그리던 여성은 없었습니다. 그런 내게 정녕 당신 같은 사람이 나타날 줄은 몰랐습니다. 하기야 내가 앞을 내다볼 줄 안다면 다른 인생을 살고 있겠지요.

당신이 내 삶 속에 사뿐히 걸어 들어온 날 나는 송두리째 흔들렸습니다. 어찌해야 좋을지 몰랐습니다. 놀라고 설레고 기뻤지만 두렵고 당황스럽기도 했습니다. 사람들은 누추한 옷을 입고 아무것도 가진 게 없는 당신을 멀리해야 한다고 말합니다. 높은 곳에 있는 나와 낮은 곳에 있는 당신이 어울리지 않는다고 강조합니다. 사람을 좋아하는 데 높고 낮음이 있을까요. 그들은 아무것도 모릅니다.

그들이 하는 말에 귀 기울이지 않을 겁니다.

아무에게도 열지 않았던 마음을 이제 당신에게 열어보이려 합니다. 나는 이제 당신을 위해 왕관을 버릴 각오가 되어 있습니다. 당신에게로 다가갈 준비가 되어 있습니다. 나는 '용기'라는 단어를 배웠습니다. 처음으로 신에게 감사했습니다. 당신 때문에 알게 된 것이 많습니다.

당신은 세상의 어떤 황금보다 귀합니다. 내 손에 든 왕관보다 소중한 존재입니다. 지금 이 순간 나는 왕관을 내려놓습니다.

우리 앞에는 지금보다 훨씬 험난한 길이 기다리고 있을지 모릅니다. 그러나 두려워하지 않기를 바랍니다. 손잡고 함께 이 길을 걸어갈 당신이 있어 행복합니다.

사랑이 이렇게 큰 기쁨인 줄 예전엔 미처 몰랐습니다. 당신이 내게 찾아온 날 나는 새 삶을 얻었습니다.*

* 코페투아 왕과 거지 소녀의 전설을 모티프로 재구성한 글.

에드먼드 블레어 레이튼 Edmund Blair Leighton,
「왕과 거지 소녀」The King and the Beggar-maid, 1898,
캔버스에 오일, 163×123cm, 개인 소장.

"사랑해야 합니다."

로맹 가리 Romain Gary, 『자기 앞의 생』 *The Life Before Us*

내 곁에 있는 사람

아내를 애타게 찾는 남자가 있습니다. 명실공히 '최고의 순정남' 오르페우스입니다. 제가 본 소설, 그림, 영화를 통틀어 이 별명에 가장 잘 어울리는 남자가 아닐까 합니다.

오르페우스는 아폴론의 자손답게 음악과 리라 연주에 능통했습니다. 님프 에우리디케와 사랑에 빠져 결혼했지만 알콩달콩한 생활이 오래가지는 못했습니다. 에우리디케가 너무 일찍 죽었거든요. 그것도 그녀를 따라다니던 목동에게서 도망치다 독사에게 물려 숨진 것으로 전해집니다.

사랑하는 사람이 영영 떠나버렸으니 오르페우스는 살아도 사는 게 아니었습니다. 그렇다고 가만히 있을 수만은 없었겠지요. 어떻게든 부인을 되찾기 위해 죽은 자들이 있는 지하세계로 내려갑니다. 그는 그곳에서 그의 최대 장기이자 숙명인 리라를 연주하며 노래를 불렀는데, 그 선율이 어찌나 아름다웠던지 스틱스강저승의 강의 뱃사 공뿐만 아니라 명부의 왕 하데스에게까지 절절한 감동을 안겨주었다고 합니다.

결국 하데스는 에우리디케를 지상으로 돌려보내주겠다고 약속하지요. 단, 여느 신화에서 그렇듯 여기서도 어김없이 낡은 금기 사항이 있었습니다. 지하세계를 완전히 빠져나가기 전까지 절대 뒤를 돌아보면 안 된다는 것이었어요. 오르페우스도 '금기란 깨라고 있는 것이다'라는 명제에 굴복하고 맙니다. 지상에 거의 다 왔을 때쯤 마지막 순간에 뒤를 돌아보았거든요. 그러나 뒤늦게 후회해도 소용없었습니다. 에우리디케는 다시 지하세계로 빨려 들어가버렸습니다.

아내를 잃은 오르페우스는 삶의 의미를 상실하고 맙니다. 하지만 요즘 말로 킹카 오르페우스가 돌싱이 되어 돌아오자 여자들은 그를 그냥 놔두지 않았던 것 같습니다. 집요하게 작업을 걸었던 것 같은데 그는 여자들을 거들떠보지도 않았습니다.

오르페우스에게 거절당한 여자들은 한을 품고 복수를

결심합니다. 결국 그녀들은 그를 갈기갈기 찢어 잔인무도하게 죽이고 맙니다. 거부당한 여자의 자존심이 완전히 구겨졌다는 것을 똑똑히 보여주기라도 하듯 말이지요.

오르페우스는 처참히 찢겨 자신의 몸과 같았던 리라 속에 얼굴만 영원히 박혀버린 비련의 주인공이 되고 말았습니다. 그는 모든 여자를 한 방에 쓰러지게 할 정도로 신비롭게 빚어낸 음악 소리만큼이나 로맨틱한 마성의 매력남이었던 것 같습니다.

이야기의 결말이 마음에 들지 않아 마음이 울적했는데 작곡가 글루크Christoph Willibald Gluck, 1714~87의 오페라로 약간 기분 전환이 되었습니다. 부부 금실이 좋아 백년해로 했다고 알려진 글루크는 이 이야기를 완벽한 해피엔딩으로 마무리했습니다. 어쩌면 두 사람을 죽게 내버려둘 수가 없었던 게 아닐까 싶습니다.

그는 이야기의 마지막 부분을 살짝 바꿨습니다. 오르페우스가 낙담해 자살을 결심하고 자신의 가슴을 찌르려 하는 순간 사랑의 신이 나타나 자살을 단념하게 한다는 것이지요. 그리고 깊은 잠에서 깨어난 에우리디케는 오르페우스와 뜨거운 포옹을 나눕니다. 사랑의 신은 이들을 지상으로 데려가 다시 한번 부부의 연을 맺을 수 있도록 해줍니다.

버스가 떠난 뒤 손 흔들어봐야 아무 소용 없다는 말이 있습니다. 나중에 땅을 치며 후회하지 말고 지금 이 순간을, 그리고 내 곁에 있는 사람을 사랑해야겠습니다.

장 델비유Jean Delville, 「오르페우스의 죽음」The Death of Orpheus, 1893,
캔버스에 오일, 79.3×99.2cm, 구겐하임 빌바오 미술관, 뉴욕.

"그대를 만난 그 순간부터 나의 인생은

시작되었다

그대는 그 팔로 막아주었다

나의 광기가 질주하는 흙탕길을

그리고 나에게 가르쳐주었다

저 인간의 선의만이 씨앗을 뿌리는 나라를"

루이 아라공Louis Aragon, 「말뿐의 사랑이 아닌 사랑」

사랑에 기대어 산다

사랑.

우리는 오늘도 사랑에 관한 이야기를 합니다. 인류가 탄생한 순간부터 시작된 이 주제를 사람들은 오래오래 끊임없이 되풀이합니다.

마음을 순하게 물들이는 단어, 사랑. 사랑을 말하는 사람들의 표정은 봄바람처럼 부드럽고 따스합니다. 너무나 흔해 진부한 주제 같지만 사랑의 힘은 삶을 보다 크고 넓은 차원으로 거듭나게 합니다. 그래서 우리는 사랑에 기대어 삽니다.

데뷔할 때부터 세상을 온통 떠들썩하게 했던 포고렐리치 Ivo Pogorelić, 1958~ 라는 피아니스트가 있습니다. 그가 연주하는 쇼팽을 처음 들은 것은 아주 오래전 시내의 어느 음반 매장에서였습니다. 음반 속의 그는 미소 짓는 듯하면서 약간 심드렁한 표정이었고 섬세하면서도 예민해보이는 어딘지 모르게 아련한 눈빛이 시인 랭보 같은 느낌을 받았습니다.

이끌리듯 음반을 집어들었습니다. 고집스러울 만큼 깊고 충분하게 한 음, 한 음 음미하며 연주하다가도 초고속으로 달리는 열차처럼 열정을 내뿜는 스타일이 생소하고 파격적이었지요. '소스테누토'sostenuto와 '비바체'vivace.* 그의 연주를 들었을 때 떠오른 단어입니다. 억제하는 것처럼 음을 충분히 깊게 누르며 연주하는 듯하다가도 화려하고 빠르게 몰아치는 긴장과 뜨거운 열정 때문입니다.

자유분방한 성격, 제멋대로 또는 개성 넘치는 연주 방식 덕분에 세상을 '접수'한 포고렐리치는 거침없는 사랑을 했습니다. 그는 17세에 피아니스트이자 교수였던 케제랏제Aliza Kezeradze, 1937~96에게 가르침을 받기 시작했는데 수차례의 레슨을 받고 나서 대담하게도 스승에게 청혼을 했다고 하지요. 마치 브레이크 없이 질주하는 열정의 폭주기관차, 뜨거운 용광로 같습니다. 어린 새싹과도 같

---

* 음악에서 빠르기를 지시하는 말로 '소스테누토'는 '음의 길이를 충분히 끌어서'라는 뜻이고 '바체'는 '대단히 빠르게'라는 의미의 악상 용어다.

던 포고렐리치에게 그녀는 음악적으로 풍성한 열매를 맺은 나무처럼 보였을 겁니다.

포고렐리치가 피아니스트로서의 가능성과 개성을 발견할 수 있도록 도와준 여성, 완벽한 기교와 곡의 해석 방법을 알려준 여성, 그의 음악 세계를 가장 잘 이해하고 날개를 달아준 여성, 그가 성공 가도를 달릴 때도 그 자신을 돌아볼 수 있도록 가르침을 준 여성 케제랏제는 포고렐리치보다 스물한 살 많은 연상으로 알려져 있습니다.

지금 들어도 입이 떡 벌어질 정도로 파격적인 이야기인데, 40여 년 전 사람들의 반응이 어떠했을지 상상이 됩니다. 쇼팽과 상드George Sand, 1804~76의 사랑 이야기나 자신보다 스물다섯 살이나 많은 연극반 선생님과 사랑에 빠져 결혼한 프랑스의 마크롱Emmanuel Jean-Michel Frédéric Macron, 1977~ 대통령의 이야기가 떠오릅니다.

사랑의 쾌속질주를 한 포고렐리치가 부담스러웠는지 케제랏제는 처음에 청혼을 거절합니다. 하지만 결국 받아들이고 포고렐리치의 음악 파트너이자 부부로서 생을 함께하게 됩니다. 스승에서 뮤즈이자 아내가 된 겁니다. 만일 앙드레 지드의 소설『좁은 문』Strait is the Gate의 제롬이 그렇게나 사랑했던 연상의 알리사와 결혼했다면 결말이 어떻게 되었을까 문득 궁금해집니다. 화제가 되었던 TV 드라마「밀회」는 포고렐리치와 케제랏제의 에피소드에서 영감을 받은 것이라고 하지요.

포고렐리치의 순도 높은 애정의 대상이었던 케제랏제는 안타깝게도 병환으로 그의 곁을 영원히 떠나버렸습니다. 포고렐리치는 더 이상 연주도 녹음도 하지 않았고 대중에게서 멀어졌습니다. 아름답고 재능 있고 친절했고 별처럼 빛났던 아내와의 삶은 끝나버렸고 그는 혼자 삶을 계속해야 한다는 고통 속에서 살아야 했을 겁니다.

한참 뒤 다시 무대에 섰을 때는 폭발할 듯한 열정과 에너지가 조금 사그라들어 안타까웠습니다. 하지만 포고렐리치는 재단을 설립해 자신의 이름을 건 피아노 콩쿠르를 창설해 젊고 재능 있는 음악도들을 후원하고, 전쟁 피해자들을 위로하는 데 큰 열정을 쏟고 있다고 합니다. 이제 그의 연주는 자선이나 후원이라는 이름으로 이루어지고 있어, 위로가 필요한 사람들이나 희망을 품고 노력하는 젊은이들에게 따뜻한 격려의 메시지를 전하고 있습니다.

구스타프 클림트 Gustav Klimt, 「키스」 The Kiss, 1907∼1908,
캔버스에 오일, 180×180cm, 벨베데레 오스트리아 갤러리, 빈.

"몸을 어떻게 가누어야 할지 몰랐다.

몸에서 힘이 쭉 빠져버려 그 자리에

털썩 주저앉아 반 시간가량이나

울음을 터뜨렸다."

제인 오스틴 Jane Austen, 『오만과 편견』 *Pride and Prejudice*

그립고 그립다

　그 사람이 떠난 후 며칠은 오히려 덤덤했습니다. 어찌해볼 수 있는 일이 아니었으니까요. 그런데 한 달, 두 달 시간이 갈수록 가슴이 먹먹해졌습니다. 지하철에서 그 사람과 체격이 비슷한 누군가의 뒷모습만 봐도 가슴이 철렁하고 내려앉았습니다. 사람 좋아 보이는 인상의 그 사람이 버스에서, 서점에서 또는 길을 걷다 보면 미소 띤 얼굴로 어디에선가 불쑥 나타날 것만 같았습니다. 그 사람의 들썩이는 어깨를 본 단 한 번의 먹먹한 순간이 자꾸 떠올랐습니다.

　그렇게 어디에나 있는 것 같았지만 어디에서도 볼 수 없던 그 사람에 대한 그리움 때문에 속으로 울기도 많이 울었습니다. 시간이 지날수록 그리움으로 무너져가는데, 그 사람의 목소리가 흐려졌고 더는 기억할 수 없었습니다. 그래서 떠올리지 않으려고 애썼고, 그 사람이 좋아하던 영화를 우연히 보게 되거나 그 사람이 좋아하던 노래가 한 소절이라도 들리면 괜스레 자리를 피하거나 채널을 돌리기도 했습니다. 참으로 오랜 시간 동안 그렇게 했습니다.

조금씩 깨달았습니다. 니체는 망각이야말로 "신이 인간에게 준 축복"이라고 했지만 그리움은 그리 쉽게 잊히지 않으며 증발하는 수증기나 사막의 모래바람처럼 휩쓸려 사라질 수 없다는 것을요. 그래서 그 사람이 그리울 때는 그냥 그리워하기로 했습니다. 그렇게 그리움에 사무칠 때는 하늘에 안부를 묻곤 합니다.

그 사람, 영원한 여행을 떠나버린 나의 아버지.

평소에는 생각하지 않고 지내다가 어느 날 죽음에 대해 진지하게 생각해봤습니다. 평생 죽음을 의식하며 살았던 화가 뭉크Edvard Munch, 1863~1944나 작곡가 말러Gustav Mahler, 1860~1911는 얼마나 고통스러웠을까요. 어린 나이에 하나뿐인 어머니와 누나의 죽음으로 평생 죽음에 대한 공포를 안고 살아간 뭉크. 어린 형제들의 잇따른 죽음을 목격하고 자녀마저 죽게 되어 트라우마에 시달린 말러. 이들에게 생生은 어쩌면 남겨진 자의 슬픔과 고통의 가혹한

피에르 퓌비 드 샤반Pierre Puvis de Chavannes, 「오르페우스」Orpheus,
1883, 캔버스에 오일, 28.5×34.5cm, 오르세 미술관, 파리.

형벌과도 같았을 겁니다. 그런데도 그들은 죽음을 원천으로 삼아 자신들의 고통을 그림과 음악이라는 예술로 승화시켰지요.

톨스토이Lev Nikolayevich Tolstoy, 1828~1910는 항상 죽음을 염두에 두면서 보다 나은 삶을 지향하는 것만이 죽음에 대한 준비를 하는 것이라고 말했습니다.

"메멘토 모리Memento mori, 죽음을 기억하라."

이 말을 기억하며 살아가려고 합니다.

제임스 맥닐 휘슬러 James Abbott McNeill Whistler,
「검은색과 금색의 녹턴」 Nocturne in Black and Gold: The Falling Rocket, 1875,
패널에 오일, 60.3×46.4cm, 디트로이트 미술관, 미시간.

"내 인생, 바로 내 인생은 두 딸에게 달려 있소.

그애들이 행복하다면, 내 새끼들이 우아한

옷을 입는다면, 그애들이 융단 위를

걸어다닌다면, 내가 무슨 옷을 입든

내가 누울 곳이 어디든 무슨 상관이 있겠소?

그애들이 따뜻하면 나는 춥지 않소.

그애들이 웃으면 나는 결코 슬프지 않소.

그애들이 슬퍼할 때에만 나는 슬프다오."

오노레 드 발자크 Honoré de Balzac, 『고리오 영감』 *Old Goriot*

늘 괜찮다고 말하는 당신

병원 정기검진이 끝나고 어머니와 함께 샤브샤브 식당에 갔습니다. 초음파와 채혈, 엑스레이 검사를 받은 어머니는 많이 지쳐 보였습니다. 아무래도 단백질 많은 음식으로 영양 보충을 해드려야겠다고 생각했습니다. 보글보글 끓는 육수에 야채와 소고기를 담그니 이만한 영양 보충이 없겠다 싶었지요. 잘 익은 소고기를 한 점 골라 야채에 싸서 어머니 입에 넣어드리려 했더니 어머니가 손을 가로저었습니다.

"나 때문에 쉬지도 못하고 병원에 따라다녀 어쩌지."

어떤 때는 일부러 휴가를 내거나 직장의 휴무일에 맞춰 어머니를 병원에 모시고 가는데 어머니는 제게 짐만 되는 것 같다며 매번 미안해합니다. 그러면서 당신은 늘 괜찮다고 말합니다.

"나는 괜찮으니 어서 먹어. 나는 괜찮으니 너 먼저 해.

블라디미르 마코프스키 Vladimir Yegorovich Makovsky,
「아빠, 안녕히 계세요」Goodbye, Papa, 1894,
캔버스에 오일, 115×99cm.

나는 괜찮아. 괜찮아…"

괜찮다는 말은 괜찮지 않을 때가 많습니다. 당신은 괜찮다며 자식에게 늘 좋은 것만 주려는 부모는 언제나 자식이 먼저입니다.

누군가는 효도 여행을 준비하면서 어머니가 좋아하는 것 위주로 볼 것, 할 것, 먹을 것을 몇 달 전부터 촘촘하게 계획을 세웠다고 합니다. 그런데 막상 여행지에 도착하니 갑작스레 어머니의 몸 상태가 좋지 않아 계획했던 것을 제대로 할 수 없었다고 합니다. 결국 어머니와 크게 다투고 돌아왔다고 하더군요. 좋은 곳을 보여드리고 맛있는 것을 많이 드시게 하려는 마음 때문에 계획한 것들을 무리하게 밀어붙였고, 어머니의 행동이 마음에 들지 않을 때마다 계속 지적하면서 어머니의 가슴에 대못을 박았다는 겁니다.

막상 여행에서 돌아오니 두어 군데 못 보고, 맛집에 못 갔어도 어머니를 편하고 즐겁게 해드리는 게 여행의 중요한 목적이었는데 도대체 누구를 위한 여행을 한 것인지 두고두고 후회가 된다고 했습니다. 효도란 결국 부모님의 마음을 편안하게 해주는 것이니까요.

이 세상에서 끝까지 우리를 사랑할 부모님. 이렇게 누군가에게서 무한한 사랑을 받을 수 있다는 사실이 경이롭고 감사할 따름입니다. 부모님은 우리 삶의 비상구가 되어줍니다. 고단한 삶 속에서도 단 하루, 한순간이 아니라 평생 동안 자식에게 마음을 쏟아붓습니다. 부모는 자식이 따뜻하면 춥지 않고, 자식이 웃으면 슬프지 않고, 자식이 슬퍼할 때만 슬픈 사람인 것 같습니다. 내가 부모가 되어도 저렇게 할 수 있을까 싶습니다.

부모님과의 인연을 소홀히 여긴 적은 없었는지 돌아보게 됩니다. 늘 괜찮다고 말하는 부모님보다 한 발 늦지 않도록 해야겠습니다.

"희생은 행복과 다릅니다.

그러나 용감하게 남을 위해 희생하는 사람은

곧 행복의 근원이 됩니다."

자오 츠판趙滋蕃, 『반하류 사회』半下流社會

어머니의 꿈

　어머니의 손이면 무엇이든 다 이뤄진다고 믿던 시절이 누구에게나 있었을 겁니다. 단정하게 머리를 빗겨주고 맛있는 밥상을 정성스럽게 차려주고 넘어질 때마다 잡아준 손, 우리를 늘 보살펴준 마법의 손이기 때문이지요.

　계절이 여름에서 가을로, 가을에서 겨울로 바뀔 때면 어머니의 손은 더 거칠어집니다. 한때는 보드랍고 고왔던 그 손을, 어머니는 못생긴 손이라고 부릅니다. 주름지고 두꺼워진 손등과 살갗을 부끄러워합니다. 어머니의 손을 사진으로 찍어 보여드렸더니 손사래를 칩니다. 하지만 제겐 소중한 사진입니다. 어머니 손의 마디마디는 자식의 단정하고 반듯한 삶을 위해 당신이 오롯이 바친 시간의 나이테입니다. 어머니의 손을 잡고 있으면 마음에 묵직한 바윗덩이가 얹힌 듯 뻐근해집니다.

　늘 내 곁에 어머니의 모습으로만 있었던 것 같은데 "엄마 어릴 때는"이라는 말에 그제야 어머니의 소녀 시절을 상상해봅니다. 영롱한 꿈을 꾸던 그 시절 말입니다. 그러나 자식을 낳고 자식에게 바쳐온 시간은 어머니의 꿈이 담긴 상자의 뚜껑을 덮어버렸습니다. 희생이라는 단어 앞에서 어머니는 아무 말도 하지 않습니다. 엄마니까 버려야 했던 꿈들, 엄마니까 포기하거나 잊어야 했던 것들, 엄마니까 해야 하는 일들, 엄마니까… 그런데도 어머니는 당신의 꿈보다 자식을 바라보고 자식을 위해 쏟는 시간이 훨씬 더 값지고 소중하다고 합니다.

어머니가 끓여주는 따뜻한 된장국은 고된 하루를 녹여주고, 어머니의 손길이 닿은 집 안은 구석구석 빛이 납니다. 그런 어머니가 제 곁에 있어 든든하고 감사한데, 어머니는 오히려 자식에게서 위로를 받는다고 합니다. 행복하다고 합니다. 어머니에게 자식은 세상의 전부이고 인생의 한줄기 빛이라고 합니다.

며칠 뒤면 어머니의 생신이 돌아옵니다. 엄마와 딸로 만난 인연이 소중합니다. 세상에서 가장 따스하고, 조용히 불러보는 것만으로도 힘이 되는 사람, 바로 어머니입니다.

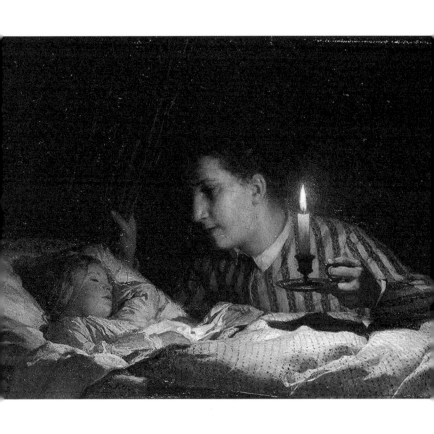

알베르트 안케 Albert Anker,
「촛불을 켜고 잠든 아이의 모습을 바라보는 엄마」 Young mother contemplating her
sleeping child in candlelight, 1875.

"나의 아버지는 세상의 모든 아버지와 마찬가지로

자신이 인생살이에서 실현하지 못한 것을

아들이 이루어주기를 바랐다."

게오르규 Constantin Virgil Gheorghiu,

『다뉴브강의 축제』 The Sacrifices of the Danube

예술가들의 아버지

　영화 「샤인」Shine의 주인공 헬프갓David Helfgott, 1947~ 은 천재 피아니스트였습니다. 어린 시절 아버지의 억압과 처벌 속에서 살았던 헬프갓은 난이도가 상당히 높은 라흐마니노프의 피아노 협주곡 제3번을 연주하고 나서 정신분열증을 겪습니다. 이후 연주 활동을 하지 못하다가 아내를 만나면서 재기에 성공하지요.

　헬프갓의 아버지는 자식을 사랑했음에 틀림없지만 삐뚤어진 사랑의 방식을 보여주었습니다. 자신이 실현하지 못한 꿈을 아들이 이루어주기를 바라고 거기서 대리만족을 느낀 아버지의 집착에 헬프갓은 희생양이 되었습니다. 그러나 그는 음악에 대한 사랑과 열정으로 아픔을 이겨냈습니다.

　「샤인」을 보면 위대한 예술가들과 그들의 아버지가 떠오릅니다. 작곡가 하이든Franz Joseph Haydn, 1732~1809의 아버지는 수레바퀴를 만드는 대장간을 운영하는 사람으로, 음악 애호가였다고 하지요. 하이든의 아버지는 어린 시절부터 뛰어난 재능을 보인 하이든을 교육하는 데 직접 나서지는 않았지만 아들이 수레바퀴를 만지는 일에서 벗어나 더 나은 삶을 살기를 바라며 열심히 음악 교육을 시켰다고 합니다. 그런가 하면 궁중악단의 바이올리니스트였던 모차르트의 아버지는 아들에 대한 맹목적인 사랑으로 자식의 음악 교육을 위해 유럽 전역을 돌아다녔습니다.

베토벤 Ludwig van Beethoven, 1770~1827 의 아버지는 술꾼이어서 어린 베토벤에게 돈벌이를 시켰고 술에 취해 밤중에 돌아와 베토벤을 두들겨 패고 피아노 연습을 시켰다는 설은 과장이 덧붙여져 잘못 전해진 것이라고 하지요. 그래도 스파르타식 고강도 음악 교육을 했다고는 합니다.

소설가 카프카의 아버지는 자수성가한 엄격하고 가부장적인 사람으로, 신분 상승을 위해 카프카를 관료사회에 진입시키려는 열망이 대단했습니다. 섬세하고 내성적인 카프카는 법학을 전공으로 택해 아버지의 기대를 저버리지 않기 위해 노력했다고 합니다. 그러나 작가의 꿈을 포기하지 않고 보험국 직원으로 일하면서 글쓰기를 계속한 카프카의 일생은 환상과 현실 사이를 오가는 혼돈과 방황으로 점철되어 있습니다.

반면 헤밍웨이는 평생 아버지를 존경했다고 합니다. 헤밍웨이의 아버지는 의사였고, 어머니는 예술을 사랑하는 전직 음악가였지요. 헤밍웨이는 어렸을 때 어머니의 강요로 여장을 했고, 여장한 상태에서 지인들을 만나는 독특한 경험을 했습니다. 사냥꾼이자 모험가 기질이 있던 아버지는 나이가 들수록 노쇠해지기는 했지만 남자답고 똑똑한 사람이었다고 합니다. 헤밍웨이는 아버지를 자신의 롤모델로 삼았습니다.

저는 어린 시절 밖에서 잘 놀지 않고 방에서 책을 읽거나 끄적이며 시간을 보냈습니다. 다행히도 저의 부모님은 그런 저를 억지로 밖에 내보내지 않고 책 읽는 것을 격려해주셨습니다. 부모님은 가끔 동화책이나 위인전, 좀더 컸을 때는 세계문학전집 같은 책을 사다주셨습니다. "넌 뭐든 잘 해낼 거야"라며 올곧은 믿음을 보여주시고 아낌없는 사랑으로 응원해주신 부모님께 감사한 마음이 듭니다. 내면의 결핍이 느껴지지 않는 것은 부모님의 귀한 사랑 덕분이겠지요.

자식이란 부모에게 단 하나뿐인 기쁨 같은 존재입니다. 모든 부모는 자식이 잘되기만을 바라지만 그런 마음보다 사랑을 표현하는 방식이 더 중요하다고 생각합니다. 자식에 대한 믿음과 응원이야말로 교육의 기본이자 사랑이 아닐까 합니다.

파올로 베로네세 Paolo Veronese,
「이세포 다 폰토와 그의 아들 아드리아노」Portrait of Count Giuseppe da Porto with his
Son Adriano, 1551~52,
캔버스에 오일, 207×137cm, 우피치 미술관, 피렌체.

"그곳에서 이루어질 대화는

현재의 시간을 진정한 축복으로 만들 것이다.

그리고 이 시간은 그들이 앞으로 살아가는 동안

가장 행복한 시절로 회상함으로써 불멸성을

획득할 것이다."

제인 오스틴 Jane Austen, 『설득』 *Persuasion*

차 한잔의 의미

일하면서 알게 된 선배 언니가 오랜만에 연락을 했습니다. 선배가 제게 연락한 이유는 "그냥 기분도 그렇고 해서"라는 것이었습니다.

이야기를 나누다 보니 선배는 이직 때문에 고민하고 있었습니다. 현재에 안주할 것인가 아니면 '그 나이에' 평생 가슴속에 품고 있던 꿈에 도전할 것인가 하는 심각한 고민이었지요. 변화를 시도한다는 건 누구에게나 두려운 일입니다. 게다가 나이가 걸림돌이 되어 쉽사리 결정할 만한 문제는 아니었습니다. 제가 일하고 있는 분야와 달라서 저도 선뜻 조언해줄 수 없었기에 저는 선배의 말을 묵묵히 들어주기만 했습니다.

선배와 가끔 영화나 공연을 보러 가곤 했지만 이런 대화를 나누는 건 처음이었습니다. 마음의 고민과 복잡한 심경을 털어놓던 선배가 갑자기 제게 고맙다고 했습니다.

그저 이야기를 들어준 것뿐인데 말입니다. 이렇게 다른 사람들의 이야기를 들어주다 보면 오히려 듣는 제가 위로 받는 듯한 느낌이 들곤 합니다. 다들 비슷한 고민을 하며 사는구나 싶거든요.

「제리 맥과이어」Jerry Maguire라는 영화가 있습니다. 능력과 매력적인 외모를 겸비한 스포츠 에이전시 매니저 제리는 한마디로 승승장구하는 남자입니다. 회사의 수익이 줄어들 수밖에 없는 이유에 대해 쓴 진심 어린 제안서를 제출해 회사에서 갑작스럽게 해고 통보를 받기 전까지는요. 가방 하나만 달랑 들고 회사를 나가면서 함께 제대로 된 에이전시를 차려볼 사람 없느냐며 동료들에게 외치지만 동료들의 반응은 싸늘하기만 합니다. 그때 경리과 직원이었던 도로시는 제리의 진심이 담긴 제안서에 반해 번쩍 손을 들어 그와 함께할 것을 약속합니다. 제리는 그렇게 새로운 에이전시를 꾸려나가며 도로시와 점차 가까이 지내다 결혼까지 하게 됩니다. 하지만 일종의 의리 반 외로움 반으로 결혼했던 터라 제리는 부담스러워하며 도로시를 멀리하게 됩니다.

그러던 어느 날 제리가 관리하는 선수가 대성공을 거

베르타 베그만 Bertha Wegmann, 「화실 방문」Visit in the Studio,
캔버스에 오일, 137×188cm, 밥 호프 갤러리, 워싱턴.

두자 제리도 보란 듯이 재기에 성공합니다. 하지만 그 기쁨도 잠시. 제리는 자신의 기쁨을 함께 나누고 축하해줄 사람이 없다는 사실에 쓸쓸함을 느낍니다. 결국 자기 곁에는 아무도 없다는 것을 깨닫게 되지요. 기쁨과 외로움의 원천은 성공이나 돈이 아닌 '사람'이었던 겁니다.

누군가가 불쑥 불러내 차 한잔하고 싶다고 하면 그것은 함께 시간을 보내고 싶다는 뜻입니다. 커피 한잔, 차 한잔… 한잔에는 누군가의 사연이 담겨 있습니다. 당신과 나 사이에 놓인 것은 그저 작은 찻잔 하나뿐이지만 우리가 마시는 것은 당신과 나의 시간입니다. 한잔 속의 진심입니다. 차 한잔은 그렇게 우리의 마음을 열어줍니다. 작은 한잔들이 모여 내밀한 우정이 쌓여갑니다.

알렉상드르 뒤부르 Louis-Alexandre Dubourg,
「사과나무 아래서 술 마시는 사람들」,
패널에 오일, 16.5×24cm, 앙드레 말로 미술관, 오트노르망디.

"왜 그러세요?

"바로 내 사랑이 깊기 때문이지."

올더스 헉슬리 Aldous Leonard Huxley,
『연애대위법』 *Point Counter point*

사랑과 예술 사이

예술에 대한 애정이 이성에 대한 사랑을 넘어설 수 있을까? 남자와 여자는 친구가 될 수 있을까?

많은 작가와 화가, 음악가의 삶을 돌아보면서 거의 불가능하다는 결론을 내렸을 때쯤 화가 드가 Edgar Degas, 1834~1917를 알게 되었습니다. 순정남이라고 불러도 좋을 드가의 일생은 스토아학파의 금욕주의 또는 수도승의 삶이나 다름없더군요.

예술의 도시이면서 애욕과 방탕의 판타지가 만연하던 파리에서 드가는 배경 좋고 능력 있고 인물까지 좋은 요즘 말로 '엄친아'였습니다. 하지만 그는 과감히 사랑을 포기하고 예술이라는 한 우물을 파기로 결심했습니다. 어린 시절 어머니의 불륜을 목격한 드가의 여성혐오주의 성향 때문이라고 보는 시각도 있습니다. 하지만 발레리나, 카페의 여가수, 세탁하는 여인 등 주로 여성을 그렸다는 점이나 당시 부르주아 남성들이 발레리나를 일종의 쇼걸로 생각하며 돈으로 사는 풍조를 비판적인 시각으로 바라봤다는 사실만으로도 드가가 여성혐오주의자였다는 견해는 무리가 있지 않을까 합니다.

드가는 평생 독신으로 살았지만 그렇다고 아무도 만나지 않은 것은 아니었다고 합니다. 드가와 연인 사이가 될 뻔했던 여인은 바로 생의 대부분을 프랑스에서 보낸 미국의 인상주의 화가 카사트Mary Stevenson Cassatt, 1844~1926였습니다. 함께 그림을 그리고 예술 세계를 발전시키면서 애정이 싹텄고 카사트는 드가에게 매력을 느껴 여러 차례 관심을 표현했습니다. 일과 결혼은 공존할 수 없다고 생각했던 카사트도 이루어질 수 없는 사랑이라고 결심했는지 평생 결혼하지 않고 살았다고 하지요.

두 사람은 긴 세월 동안 스승과 제자로 남았습니다. 함께 예술을 하며 친구로 남은 셈이지요. 영화 「해리가 샐리를 만났을 때」When Harry Met Sally… 에서는 남녀 주인공의 호감이 이성 간의 사랑으로 발전했지만 드가와 카사트의 만남의 종착역은 '예술'이었습니다.

성찰하고 연구하는 것이 자신의 일이라고 했던 드가는

귀스타브 카유보트 Gustave Caillebotte, 「오르막 길」 Rising Road, 1881,
캔버스에 오일, 99.6×125.2cm, 개인 소장.

삶 속에서 자신의 말을 실천했습니다. 이성과의 사랑은 포기했지만 그보다 더 뜨거운 열정을 예술 속에서 불태웠습니다. 예술이야말로 드가의 모든 것이었고 예술이 없는 곳에 그는 존재할 수 없었습니다. 드가가 보여준 사랑은 오로지 온전하고 완벽하고 순수한 예술 세계를 위한 것이었습니다.

에드가 드가 Edgar Degas,
「광대와 콜롱빈」 Harlequin and Columbine, 1886~90년경,
패널에 오일, 33×23.5cm, 오르세 미술관, 파리.

"내가 만일 내 기억 속에서, 그래도 남을 만한 뒷맛을 내게 남겨준 사람들을 찾아보거나, 계산에 넣을 만한 시간들의 대차대조표를 꾸며본다면, 내가 찾을 수 있는 것들은 어떠한 재화로도 살 수 없는 그런 것들뿐이다. 메르모즈 같은 친구라든가, 함께 겪은 시련이 우리를 영원히 결합시켜준 어느 벗과의 우정 같은 것은 돈으로 살 수 없다."

생텍쥐페리 Antoine Marie Jean-Baptiste Roger de Saint-Exupéry,
『인간의 대지』 *Wind, Sand and Stars*

돈으로 살 수 없는 것

"Money talks"라는 말이 있습니다. 돈이면 다 된다는 뜻이지요. 자본주의 사회에서 돈의 힘은 실로 대단한 것이어서 그 말에 반박하기는 쉽지 않을 겁니다. 도덕, 양심, 사랑조차도 돈의 힘 앞에서 처참히 무너지는 상황을 자주 목격하게 되니까요.

그린데도 돈보다 다른 가치들이 더 소중하게 여겨질 때가 많습니다. 옛날 어느 드라마에 나오는 "얼마면 되겠니?"라는 질문이 통하지 않는 가치들이지요. 예를 들어 다른 사람과 함께 마주 보고 앉아 책이나 음악, 그림, 영화, 여행, 그 밖의 좋아하는 것에 대해 이야기하는 것을 가치 있게 여기는 사람이 있다면 그 사람은 그것을 돈으로 팔려고도, 사려고도 하지 않을 것입니다. 누군가에게는 보잘것없는 어떤 것이 다른 누군가에게는 매우 소중한 것일 수도 있습니다.

친구와의 우정도 그중 하나가 아닐까 합니다. 사전에서는 '가깝게 오래 사귄 사람'을 친구라고 정의합니다. 덧붙이자면 친구란 내가 좋아하는 것과 나의 소중한 가치를 공유할 수 있는 사람이 아닐까요. 목돈을 만들기 위해서는 종잣돈을 열심히 모아야겠지만 '간담상조'肝膽相照라는 말처럼 터놓고 지낼 수 있는 소중한 친구와의 우정이야말로 인생의 종잣돈인 셈입니다.

화가 피카소와 시인 엘뤼아르Paul Éluard, 1895~1952는 오랜 시간 동안 친분을 유지하며 깊은 우정과 남다른 예술적 동지애로 서로를 드높여준 절친이었습니다. 전쟁과 파괴에 대항해 그림과 시라는 예술로 항거한 두 사람은 정신적인 동지의식을 지닌 친구였지요. 예술이라는 토양 위에서 우정이라는 나무를 가꾼 관계였던 겁니다.

게르니카 폭격*이 일어나자 피카소는 「게르니카」Guernica라는 작품으로 화폭에 무시무시한 전쟁의 잔인성을 묘사했고, 엘뤼아르는 「게르니카의 승리」Victory of Guernica라는

---

* 1937년 스페인 내전 당시 독일군 폭격기가 스페인 바스크 지방의 소도시 게르니카에 대대적인 공습을 가한 사건이다. 이 사건으로 도시 인구 삼분의 일에 달하는 사망자가 발생했다.

에두아르 뷔야르Jean-Édouard Vuillard, 「두 소년」Two Schoolboys, 1894,
캔버스에 오일, 212×86cm, 벨기에 왕립미술관, 브뤼셀.

시로 폭력과 전쟁에 맞서 투쟁했습니다. 똑같은 신념과 문제의식을 품고 전쟁에 적극적으로 대항한 피카소와 엘뤼아르의 우정은 각별했습니다.

돈이 없으면 아무것도 할 수 없는 사회, 돈이 지배하는 세상에서 돈으로 살 수 없는 가치를 지켜나갈 수 있다는 것은 참으로 근사한 일이 아닐까 합니다. 영화 「멋진 인생」It's a Wonderful Life에는 이런 대사가 나옵니다.

"기억하라. 친구가 있다면 그 어떤 인생도 실패작이 아니다."

에드워드 앳킨슨 호넬 Edward Atkinson Hornel,
「여름날의 전원시」A Summer Idyll, 1908,
캔버스에 오일, 126×151cm, 올댐 미술관, 올댐.

"누군가를 사랑한다는 것은 그와 함께
늙어가기를 받아들이는 것이다."

알베르 카뮈 Albert Camus, 『칼리굴라』 *Caligula*

결혼은 함께 늙어가는 것

예식장에 멘델스존Jakob Ludwig Felix Mendelssohn-Bartholdy, 1809~47의 「결혼행진곡」Wedding March이 울려 퍼집니다. 멘델스존은 평생 독신으로 살았지만 새로운 인생의 서막을 알리는 데 이만한 음악이 또 있을까 싶습니다. 신혼부부의 모습에는 긴장과 설렘, 어떤 각오 같은 것이 느껴집니다.

후배의 결혼을 축하하는 자리에서 결혼에 대한 이런저런 충고가 오고 갑니다. 어떤 사람은 세상에 태어났으니 결혼해서 남들처럼 살아봐야 한다고 하고, 또 다른 사람은 결혼이 '당위'當爲에서 '선택'으로 바뀌어가는 시대에 커다란 변화를 원치 않는다면 굳이 결혼을 감행해야 할 필요가 없다고 합니다. 이러쿵저러쿵해도 결혼이란 어차피 종족 번식을 위한 과정일 뿐이라는 것만 확실히 염두에 두고 있으면 그럭저럭 살 만하다는 사람도 있습

알마 타데마 Lawrence Alma-Tadema,
「나에게 더 묻지 말아요」 Ask me no more, 1906,
캔버스에 오일, 80.1×115.7cm, 개인 소장.

니다. 모두 나름의 경험을 통해 건네는 말이니만큼 귀 기울여볼 필요가 있겠지요.

이미 결혼한 인생의 선배들은 종종 결혼생활은 환상이 아닌 현실이라고 말합니다. 연애는 마법과 같아서 그때에는 모든 것을 내어줄 듯 서로에게 열중하지만 결혼 후 매일 얼굴을 마주하고 부딪치고 일상을 함께하다 보면 그동안 보이지 않던 상대의 허물이 아주 작은 것부터 큰 것까지 모조리 보인다는 겁니다. 일상은 지루하고 졸렬하고 답답하고 따분한데, 둘이 모든 것을 공유하다 보면 자연스레 결점이 보일 수밖에 없다는 것이지요.

결혼생활은 서로의 허물을 들춰내고 지적을 거듭하면서 실망과 짜증과 불화의 궤도로 접어든다고 합니다. 이쯤 되니 결혼이 조금 두려워지기도 합니다. 결점까지 포용해주고 싶은 상대를 과연 만날 수 있을까 하는 생각마저 듭니다.

그야말로 '검은 머리 파뿌리 되도록' 백년해로한 어르신들은 이구동성 말합니다. 결혼은 함께 늙어가는 것이라고. 결혼의 정의치고는 너무나 단순하고 대수롭지 않은 것 같지만 그 안에 담긴 숨은 뜻을 읽어보려 합니다. 이해, 배려, 인내, 책임 같은 단어들이지요. 이러한 모든 미덕을 완벽하게 갖춘 사람은 없으니 미완의 존재가 또 다른 존재를 만나 함께 성장해가는 과정이 바로 결혼 아닐까 짐작해봅니다.

"두 사람의 마음을 잘 아는 그녀의 눈에 그들은

가장 행복한 부부의 모습이었다.

그들이 멀리 사라지는 장면을 항상 오래오래

지켜 보았고, 그들이 행복하게 걸으며 무슨

애기를 나눌지 상상하면서 즐거움을 느꼈다."

제인 오스틴 Jane Austen, 『설득』 *Persuasion*

가장 행복한 부부

언젠가 프랑스 남부 지방을 여행하다 한 노부부를 만났습니다. 언덕 위에 있는 성당으로 올라가는데 할아버지가 할머니 손을 잡고 할머니의 속도에 맞춰 천천히 걷고 있었습니다. 그리 높지 않은 언덕이었지만 다리가 불편해 보이는 할머니에게는 힘든 길이었을 겁니다. 걸음이 느린 할머니가 조금이라도 힘들어하는 기색을 보이면 할아버지는 걸음을 늦추고 "좀 쉬어갈까?" "괜찮아?" 하며 할머니를 배려했습니다.

노부부의 모습을 보면서 잠시 상상해봤습니다. 처음 만났을 때 할아버지의 정중하고 배려 있는 태도와 부드러운 말씨가 할머니의 마음에 남아 다음의 만남을 기약한 거라고요. 그리고 좀더 가까워지고 서로의 공통분모가 커지면서 부부의 연을 맺은 게 아닐까 하고요.

영화 「인생은 아름다워」Life is Beautiful의 귀도와 도라 부부가 떠올랐습니다. 유머가 가득한 유대인 청년 귀도는 아름다운 도라에게 한눈에 반해 그녀와 결혼하게 됩니다. 아들 조슈아가 태어나면서 행복한 생활이 이어졌지만 그 행복도 잠시였지요. 제2차 세계대전 막바지에 독일이 이탈리아를 점령해 귀도와 조슈아는 유대인 포로수용소로 끌려가게 됩니다. 도라는 유대인이 아닌데도 남편과 아들을 따라 자청하여 수용소로 들어갑니다.

수용소의 참혹한 현실 속에서도 사랑하는 아내와 아들을 위해 재치와 유머를 잃지 않고 살아가던 귀도는 어느 날 축음기가 있는 방에 들어가게 됩니다. 그리고 마이크를 통해 음악을 흘려보냅니다. 위험천만한 행동이었지만 그 음악은 사랑하는 아내 도라에게 바치는 일편단심의 세레나데 같은 것이었습니다.

그때 축음기로 흘려보낸 음악은 오펜바흐Jacques Offenbach, 1819~80의 오페라 『호프만의 이야기』The Tales of Hoffmann에 담긴 「뱃노래」Chanty입니다. 숨 막히게 아름다운 이 곡은 귀도가 오페라 극장에서 도라에게 열렬한 사랑을 고백할 때 무대에서 흘러나온 곡이었습니다.

깊은 밤 수용소의 차가운 침상에 누워 있던 도라는 「뱃

앙리 마르탱 Henri-Jean Guillaume Martin,
「부부가 있는 풍경」 Landscape with Couple, 캔버스에 오일.

노래」를 듣는 순간 반사적으로 침대에서 일어나 창가로 걸어갑니다. 창문을 열고 음악을 들으면서 옛 추억에 잠긴 도라의 눈가가 조금씩 젖어듭니다. 두 사람은 수용소에서 떨어져 지내면서 그렇게 서로의 마음을 확인합니다. 사는 것 같지 않은 어두운 나날들을 다시 헤쳐나갈 힘을 얻습니다.

　이 세상 어디에 있어도 마음으로 통하는 부부는 영혼 깊숙한 곳까지 이어져 있는 이런 모습이 아닐까요.

샤를 앙그랑Charles Angrand, 「거리를 걷는 연인」Couple in the Street, 1887,
캔버스에 오일, 39×33cm, 오르세 미술관, 파리.

"당신이 물으시니 이야기하겠어요.

제가 여기에 온 것은 오로지 당신 때문입니다."

괴테 Johann Wolfgang van Goethe,

『헤르만과 도로테아』 *Hermann and Dorothea*

내 편이 되어주는 사람

남편을 위해 감옥에 뛰어든 여인이 있었습니다. 그녀의 이름은 피델리오, 아니 레오노레입니다.

정치범을 수용하는 스페인의 어느 교도소에 플로레스탄이라는 남자가 갇혔습니다. 어느 영화나 드라마에서 볼 수 있듯 억울한 누명을 쓰고 감금된 것이었지요. 죽음의 감금 생활에서 벗어날 수 없던 남자는 그렇게 자유를 빼앗긴 채 시들어가고 있었습니다.

남자에게는 레오노레라는 아내가 있었습니다. 그녀는 피델리오라는 가명으로 남자 간수로 변장해 남편이 감금된 독방에 접근합니다. 피델리오는 온몸을 바쳐 열심히 일해 간수장의 눈에 들게 됩니다. 간수장의 딸도 성실한 피델리오를 좋아하게 되지요.

어느 날 불법 수감을 보고받은 법무대신이 교도소에 방문한다는 소식이 들리자 교도소장은 오점을 남기지 않

조지 엘가 힉스 George Elgar Hicks,
「여자의 사명, 남자의 동반자」Woman's Mission: Companion of Manhood, 1863,
캔버스에 오일, 76.2×64.1cm, 테이트 모던, 런던.

기 위해 플로레스탄을 처단하기로 합니다. 교도소장은 간수장에게 피델리오와 함께 감옥으로 들어가라는 명을 내립니다. 피델리오는 꿈에 그리던 남편의 얼굴을 보게 되지만 간수장은 플로레스탄을 죽이려 하지요. 그때 피델리오는 몸을 던져 남편을 보호합니다.

결국 피델리오가 플로레스탄의 아내 레오노레라는 사실이 드러나게 됩니다. 다행히도 그때 법무대신이 감옥에 도착해 플로레스탄은 목숨을 구할 수 있었지요. 남편을 살려낸 레오노레는 칭송을 받습니다.

사랑이란 모든 것을 이긴다고 하지요. 기꺼이 위험을 무릅쓰고 죽음까지 불사하며 배우자를 구하려는 굳은 의지에서 레오노레의 사랑이 절절하게 묻어납니다. 이 작품은 베토벤이 남긴 단 한 편의 오페라 「피델리오」Fidelio입니다. 베토벤은 평생 독신으로 살았지만 작품 속에서나마 아내의 모습을 그려봤던 것이겠지요.

누군가에게 기대고 싶을 때가 있습니다. 누군가가 내 손을 잡아주었으면 할 때가 있습니다. 그럴 때마다 당신 곁에 있는 배우자가 버팀목이 되어준다면 혼자 걷는 것보다 덜 외롭지 않을까요. 훨씬 힘이 나지 않을까요. 돈독한 신뢰를 유지하며 어떨 때는 서로의 잘못을 바로잡아주고 내 편이 되어주는 배우자와 함께 손잡고 길을 걸어갈 수 있다면…

상상만으로도 마음이 든든해집니다.

"네 생각을 하기 시작하면 내 가슴은

온통 희망으로 부풀어 올라."

앙드레 지드 André Paul Guillaume Gide, 『좁은 문』 *Strait is the Gate*

네 생각을 하기 시작하면

어지간해서는 화를 잘 내지 않기에 침착하다는 말을 자주 듣지만 오늘은 이중 삼중의 스트레스에 식은땀까지 났습니다. 눈치 없는 동료가 화를 돋우고 공격적인 상대방의 요구를 맞춰주기까지 했지요. 하지만 이런 상황에서도 일을 효율적으로 처리하기 위해 감정을 내세우지 않고 평소처럼 즐겁게 일하려고 했습니다. 목소리에 분노가 실리기 바로 직전 한 발짝 뒤로 물러서니 자칫 무겁고 칙칙해질 뻔한 분위기가 다시 밝고 경쾌해졌습니다.

나 자신을 지키고, 아무리 성격이 맞지 않더라도 상대를 배려하고, 일의 효율성을 높일 방법까지 생각하며 일하는 것이 인격을 수양하고 일의 품격을 높여주는 방법이라고 하지요. 오늘 같은 상황에서는 어깨가 더 뻣뻣해지고 눈도 한층 더 피로해집니다.

컴퓨터를 끄고 사무실을 나서니 저절로 한숨이 나왔습

니다. 저녁 공기가 제법 차가웠습니다. 옷깃을 여미고 휑하니 바람 부는 쓸쓸한 길을 걸어가는데 어린이집 버스에서 내리는 한 아이의 모습이 보였습니다. 그 앞에는 아이의 엄마가 양팔을 크게 벌리고 안아줄 준비를 하고 있었습니다.

"엄마!"

아이는 한달음에 엄마에게 달려갔습니다.

갑자기 저도 가족의 웃는 얼굴, 따뜻한 저녁밥이 무척이나 그리워졌습니다. 뛰다시피 길을 가로질러 가쁜 숨을 몰아쉬며 지하철을 탔습니다. 생각해보면 집으로 가는 길은 늘 그렇습니다. 나를 반겨줄 가족을 생각하면 언제나 발걸음이 빨라집니다.

온기. 가족을 생각하면 떠오르는 단어입니다. 가족의 품에 안기면 모든 아픔이 누그러지고, 지쳐 쓰러질 것 같아도 다시 일어설 수 있는 힘이 납니다. 가족은 이 세상 끝까지 서로를 감싸 안아주고 무조건적으로 사랑해주며 응원해주는 존재입니다. 그래서 사는 게 고단해도 가족을 생각하면 힘이 솟아나는 게 아닐까요.

빈센트 반 고흐 Vincent Willem van Gogh, 「첫 걸음마」First Steps, 1890,
캔버스에 오일, 72×91cm, 메트로폴리탄 미술관, 뉴욕.

3

작지만

　　　　단단한

　　삶을 위해

"우리는 가만히 앉아 빈둥대서는 안 된다.

여기저기 돌아다니면서 뭔가를 찾아야 한다."

빈센트 반 고흐 Vincent Willem van Gogh,

『반 고흐, 영혼의 편지』 *The Letters of van Gogh*

밥벌이의 둥지

아버지의 신발을 닦아드리다가 신발 밑창이 떨어져 있는 것을 보게 되었습니다. 아버지는 마치 수렵 시대의 사냥꾼이나 모이를 실어나르는 제비처럼 분주하게 움직였습니다. 그래서 신발 밑창이 자주 닳곤 했지요. 그날 본 신발도 비가 많이 오면 물이 새어 들어올 것 같아 새 신발을 하나 사드리려고 했습니다. 아버지는 한사코 저를 말리셨습니다.

"괜찮다. 나중에, 나중에."

잘 맞는 신발을 찾는 게 생각보다 어렵고 오래 신은 신발이라 내 발처럼 편하다는 게 이유였습니다.

그리스 신화 속 제우스의 아들 헤르메스는 날개 달린 모자와 날개 달린 신발, 마법 지팡이를 손에 쥔 모습으로 등장합니다. 그는 전령의 신, 상업의 신, 도둑의 신, 치유의 신입니다. 날개 달린 가죽 신발이 상징하듯 여행의 신이기도 합니다. 그 신발은 축지법이 가능한 마법의 신발이어서 바람처럼 이승과 저승을 자유롭게 돌아다닐 수 있습니다.

그 신발이 없었다면 헤르메스는 전령의 역할을 제대로 수행하지 못했을 겁니다. 우리의 밥벌이에도 꼭 필요한 것이 발 편한 신발입니다. '발이 편해야 마음이 편하고 일도 잘된다'는 광고도 있었지요. 그래서인지 한 번 길들인 신발은 어지간해서는 잘 버리지 않게 됩니다.

신발을 사기 위해 대장정을 떠나야 할 때가 많습니다. 발이 잘 부어오르는 오후 시간대에 편한 신발을 찾아 꼼꼼히 고르고 신어보는 데도 내 발에 맞는 신발을 찾기가 생각보다 쉽지 않습니다. 어렵사리 마음에 드는 신발을 사서 신게 되면 그때부터 내 발은 신발을 닮아가고 신발은 내 발을 닮아갑니다. 그렇게 서로에게 적응하며 오랜 시간 동안 밥벌이의 동지가 됩니다.

저는 신발에서 삶의 자취를 읽습니다. 지옥철로 출퇴근하는 회사원, 우편물을 나르느라 동분서주하는 우체부나 택배기사, 뙤약볕에 땀 흘리며 정성껏 모를 심는 농부, 아이들을 학교에 데려다주고 가족을 위한 따뜻한 밥 한

빈센트 반 고흐 Vincent Willem van Gogh,
「구두」 A Pair of Shoes 1888,
캔버스에 오일, 46×55cm, 메트로폴리탄 미술관, 뉴욕.

끼를 차리기 위해 이리저리 장을 보러 다니는 주부, 아침 일찍부터 학교로 학원으로 쉴 새 없이 공부하러 다니는 학생.

신발에는 그들의 고된 일상이 묻어납니다. 좋은 신발은 우리를 좋은 곳으로 데려다준다는 근사한 말이 있지요. 제가 생각하는 좋은 신발은 화려하고 값비싼 명품이 아닌 내 발과 함께 뚜벅뚜벅 걸어갈 수 있는 편안한 신발입니다.

내일도 저와 함께 여기저기를 돌아다니며 고군분투할 제 신발을 반질반질 닦아봅니다.

빈센트 반 고흐 Vincent van Gogh,
「구두」A Pair of Shoes, 1887,
33×41cm, 반 고흐 미술관, 암스테르담.

"누가 시키지 않아도 자신이 원해서

　즐겁게 일하는 모습을 보니 마치 일을

　재미있는 오락처럼 여기는 듯했다."

라오서 老舍, 『낙타샹즈』駱駝祥子

우리끼리

말의 바다를 건너기 위해 사전이라는 배를 엮는 사람들이 있었습니다. 대형 출판사의 사전편집부 직원 세 명은 『대도해』大度海라는 사전 편찬 작업에 착수합니다. 사전편집부는 이 출판사의 인기 없는 '뒷방' 같은 부서였지요. 목표는 사전에 23만 자字를 싣는 것. 이들은 표제어를 선정하고 5,000명 이상의 전문가에게 원고 집필을 의뢰해 사전을 편집합니다. 진심과 성실함으로 똘똘 뭉쳐 사전 작업을 하지요.

그러는 동안 무려 십 년이 넘는 세월이 흐릅니다. 인터넷과 전자사전의 등장, 새로운 말의 출현 등 수많은 우여곡절을 겪지만 마침내 그들은 『대도해』를 성공적으로 출간합니다. 미우라 시온三浦しをん, 1976~ 의 『배를 엮다』舟を編む는 한 가지 목표에 의기투합한 사람들의 진솔한 도전과 열정의 이야기입니다.

20세기 회화의 거장 피카소는 젊은 시절 화가 브라크 Georges Braque, 1882~1963나 시인 아폴리네르 Guillaume Apollinaire, 1880~1919, 콕토 Jean Maurice Eugène Clément Cocteau, 1889~1963 등 많은 예술가와 친분을 쌓으며 예술에 대해 이야기하고 서로에게 영감을 북돋아주며 신선한 발상과 새로운 기법을 모색했습니다. 오로지 예술이라는 공동의 관심사와 목표를 바라보며 자신의 세계 또한 넓혀갔던 겁니다.

작가 버지니아 울프 Adeline Virginia Stephen Woolf, 1882~1941 는 오빠의 주선으로 블룸즈버리에서 케임브리지대학 학생들의 토론 모임인 '목요일 밤'의 일원으로 활동했다고 하지요. 20대 지성인들이 모여 문학을 논하고 철학과 예술을 이야기하던 이 모임은 '블룸즈버리 그룹'이 되어 현대 지성사에 한 획을 긋게 됩니다. 작가 모건 포스터 Edward Morgan Forster, 1879~1970, 경제학자 케인즈 John Maynard Keynes, 1883~1946, 작가 헉슬리 Aldous Leonard Huxley, 1894~1963, 시인 T.S. 엘리엇 Thomas Stearns Eliot, 1888~1965, 미술 평론가 프라이 Roger Eliot Fry, 1866~1934 등이 이 그룹의 일원이었다고 합니다.

우리말 '끼리'에는 함께하는 이들의 목표와 열정, 비전

페르낭 레제 Joseph Fernand Henri Léger,
「건설자들」Construction Workers, 1950,
캔버스에 오일.

이 묻어납니다. 한마음 한뜻으로 똘똘 뭉쳐 공동의 목표를 향해 열정적으로 꾸준히 무엇인가를 하는 사람들은 예술가의 모습을 닮았습니다. 자신이 맡은 부분에 열과 성을 다하고 서로의 의견을 나누며 함께 부단히 전진하는 과정에서 탄생한 결과물은 위대한 작품과도 같습니다.

아돌프 멘첼Adolph von Menzel,
「주물 공장」The Iron-rolling Mill, 1872~75,
158×254cm, 내셔널 갤러리, 베를린.

"빵을 만진다는 것은 하나의 행복이며,

빵을 쪼갠다는 것은 하나의 축제다.

그리고 빵을 입술로 가져간다는 것은…

빵이란 우리에게 이런 것이다.

빵을 먹을 때 우리는

경건한 마음으로 명상에 잠겨

하늘을 바라보면서

벌써 축제 분위기에 젖어 있다고 생각한다."

게오르규 Constantin Virgil Gheorghiu,

『다뉴브강의 축제』 The Sacrifices of the Danube

감사히 먹겠습니다

"한국 사람은 밥을 너무 빨리 먹는 것 같아."

프랑스인 동료와 밥을 먹을 때 이런 말을 자주 들었습니다. 조금 과장하면 음식을 입에 넣기가 무섭게 식사 시간이 끝난다는 것이었습니다. 일본인 지인도 이와 비슷한 말을 했던 적이 있습니다. 더구나 일본인은 혼자 밥을 차려 먹을 때에도 맛있게 먹겠다고 인사하고 천천히 음미하면서 먹는다는 말을 덧붙였습니다. 아닌 게 아니라 지난번 일본 여행을 갔을 때 편의점 도시락을 혼자 사 먹으면서도 당연하다는 듯 두 손 모아 조용히 감사 인사를 하는 사람들을 종종 보곤 했습니다.

점심시간에 맛있는 음식을 앞에 두고도 제대로 먹지 못할 때가 많습니다. 직장생활을 하다 보면 시간에 쫓겨 점심을 간단히 때워야 할 때도 많지요. 오찬 통역을 할 때는 다음 질문에 대비해야 하기 때문에 제가 좋아하는 요

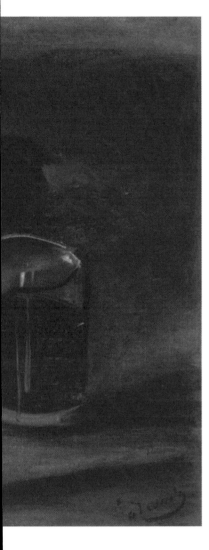

앙드레 드랭 Andre Derain,
「와인잔이 있는 정물」 Still Life with a Glass of Wine, 1928년경,
캔버스에 오일, 37×52cm, 오랑주리 미술관, 파리.

리가 나왔는데도 음식은 입에 대지도 못하고 오가는 말만 배부르게 먹다가 자리를 떠야 했던 기억이 납니다. 결국 식사가 아닌, 목구멍에 음식 밀어 넣기가 되어버리고 맙니다. 상황이 그러하니 잘 먹겠다는 감사 인사는커녕 한 끼 식사가 주는 소소한 기쁨조차 잊어버리기 쉽습니다.

유치원에 다니던 시절 밥을 먹는 순간은 축제이자 행복이었습니다. 식탁 앞에 차려진 음식 앞에서 아이들 모두 두 손 모아 즐거운 마음으로 "은혜로우신 하나님, 참 감사합니다!"라고 노래 부르며 외치던 기억이 납니다. 그런데 언제부터인가 그런 즐거움과 기도가 조급함에게 슬며시 자리를 내어준 게 아닌가 싶습니다.

그래서 혼자 밥을 먹을 때도 되도록이면 '고독한 미식가'처럼 천천히 꼭꼭 씹어먹으면서 맛보려 합니다. '하얀 쌀밥이 참 구수하기도 하구나. 이제 신선하고 파릇파릇한 야채가 목으로 넘어간다. 담백한 생선이 오후를 든든하게 해주겠지.' 이런 식으로 시각과 미각, 후각을 열어놓으려고 합니다.

문득 생각해보게 됩니다. 밥상 앞의 음식이 만들어지기까지의 과정은 그렇게 당연한 게 아니라는 것을요. 많은 사람의 노고를 잠시나마 떠올리며 밥 한 술 떠야겠습니다. 오늘 저녁 식탁에는 볶은 쇠고기와 싱싱한 상추, 구수한 된장국 그리고 신선한 나물들이 올라와 있습니다.

나폴레옹 Napoléon Bonaparte, 1769~1821 같은 프랑스의 황제들을 섬겼던 유명 요리사 카렘 Marie-Antoine Carême, 1784~1833 이 만들고 로시니 Gioacchino Antonio Rossini, 1792~1868가 그토록 사랑했다는 '투네도스 로시니' Tournedos Rossini가 어떤 맛인지는 도통 알 수 없지만 어머니가 차려주신 오늘의 밥상은 그 어떤 요리보다 더 맛있고 귀합니다.

오랜 세월 동안 아침 저녁으로 정성껏 밥을 지어주시는 어머니에게 오늘도 감사의 말 한마디를 잊지 말아야겠습니다.

"권태라는 저 지긋지긋한 거미가

그녀의 마음 구석구석에 있는 그늘 속에

둥지를 틀고 있다."

귀스타브 플로베르 Gustave Flaubert,

『보바리 부인』 Madame Bovary

마음의 경계 경보

협곡의 아찔한 천 길 낭떠러지 절벽에 서 있습니다. 발한 번 잘못 디뎠다간 이대로 영영 끝입니다. 다행히도 오랜 시간 숙련된 절벽타기 기술 덕분에 무사히 살아남았습니다. 정상에 오르니 눈물이 납니다. 자, 내일은 사하라로 가볼까요? 몇 초 안에 발자국이 사라지는 바람을 맞으며 사막의 한가운데를 걸어보려 합니다. 한낮의 태양이 너무나 뜨거워 작은 생명조차 보이지 않는 그곳을요.

제 이야기는 아니니 오해하지 마시길. 이것은 한 오지 여행가의 이야기입니다. 저는 오지 탐험기나 다큐멘터리를 즐겨 봅니다. 일상이 버겁거나 마음이 지칠 때면 이런 영상을 통해 간접 체험을 합니다. 탐험가들을 따라가다 보면 먹잇감을 찾기 위해 사냥에 나선 늑대 무리와 맞닥뜨리기도 하고, 오토바이로 절벽을 누비기도 하고, 눈 덮인 에베레스트산을 오르며 생과 사의 경계를 넘나들기도 합니다.

통장에 꼬박꼬박 적금을 붓듯 하루하루를 성실하고 충실하게 보냅니다. 어제도, 오늘도 그리고 어쩌면 내일도 크게 다를 바 없겠지요. 매일 눈 뜨면 세수하고, 아침 먹고, 출퇴근, 잦은 회의, 업무 처리, 점심 메뉴 정하기… 반복되는 일상은 어쩌면 복사기에서 똑같이 인쇄되는 종이 같은 것이라는 생각이 들었습니다. 오죽하면 영화 「사랑의 블랙홀」Groundhog Day의 주인공 필이 맞이하는 똑같은 매일이 우리의 일상처럼 느껴졌을까요.

사는 게 다 그렇지, 하다가도 이런 끝없는 반복이 몹시 단조롭고 진부할 때가 있습니다. 몸은 아픈데 아무런 증상이 없고 심장은 단단하게 굳어져 아무 감정도 느껴지지 않을 때가 있습니다. 무력감과 마비감에 감성이 고갈되어 가는 겁니다. 일촉즉발의 위기, 마음을 살펴보라는 경계 경보가 발령된 것이지요.

그럴 때 저는 오지 간접 체험을 합니다. 판박이처럼 똑같고 갑갑한 일상에 틈새를 만드는 겁니다. 배낭 하나 둘러메고 훌쩍 떠나기는 어려우니 눈과 귀를 열고 오지 탐험가들의 코스를 따라가봅니다. 죽음의 문턱에 다다르거

발터 지커트 Walter Richard Sickert, 「권태」Ennui, 1914년경,
캔버스에 오일, 152.4×112.4cm, 테이트 모던, 런던.

나 한 번도 본 적 없는 낯선 풍경을 만납니다. 신기하게도 오지 코스가 끝날 즈음에는 감각이 다시 깨어나고 마음에 말랑말랑한 감성의 새살이 돋아나는 듯합니다.

용암이 샘솟는 오지의 화산 앞에서 서핑하는 탐험가를 본 적이 있습니다. 보드에 엎드린 채 시뻘건 용암의 위협 앞에서 능숙하게 균형을 잡더군요. 여전히 삶에 서툴지만 저는 이렇게 일상과 오지를 오가며 균형을 잡아봅니다. 이런 연습은 좀더 소중하고 행복한 오늘을 만들어줍니다.

헤럴드 길먼 Harold John Wilde Gilman, 「음식점」An Eating House, 1913,
셰필드 미술관, 셰필드.

"여행에서 돌아오면 우리는 자신이 무엇을

보았는지 정확히 기억하지 못하는

다른 여행객들과 사뭇 다를 거예요.

우리는 우리가 어딜 다녀왔는지,

우리가 무엇을 봤는지를

똑똑히 기억할 거예요."

제인 오스틴 Jane Austen , 『오만과 편견』 *Pride and Prejudice*

여행에서 발견하는 것

하루 일과는 만만치 않은 지하철 여행으로 시작합니다. 일주일에 닷새는 왕복 두 시간이 넘는 출퇴근길을 오가기 때문입니다. 그래서 되도록이면 주말에는 꼼짝하지 않고 집에서 책을 읽거나 그림을 그립니다.

그런 저도 이따금 여행길에 오르고 싶을 때가 있습니다. 연주 여행길에서 대문호 괴테를 만나고 파리에서 왕비에게 입맞춤을 받은 모차르트처럼 화려한 에피소드는 없지만 문득 여행의 즐거움을 알게 되면서부터 어디론가 훌쩍 떠나고 싶은 마음이 들었습니다. 여행 가방을 쌌다 풀었다 하는 동안 마음은 이미 여행길에 올라 있습니다.

어느 여행지에서 작은 골목을 지나다가 공방 안을 들여다보게 되었습니다. 가게의 간판을 보니 거의 100년째 가업을 이어오고 있는 장인의 집안이었습니다. 세심하고 정교한 손길이 예사롭지 않았습니다. 조그마한 구슬을 인

에드워드 브로트놀 Edward Frederick Brewtnall,
「다음엔 어디로」Where next?, 1890년대,
개인 소장.

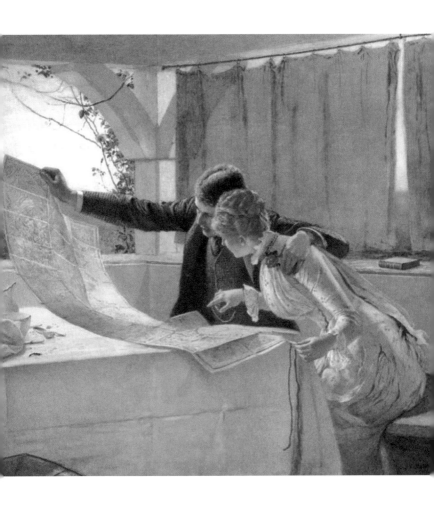

형 옷에 꿰매는 모습을 숨죽이면서 바라보았습니다. 마치 장인의 혼이 작업 하나하나에 스며드는 듯했습니다. 스스로를 온전히 쏟아부어 작업을 예술의 경지로 끌어올리고 있었습니다. 지나가는 여행객에게는 특별해 보이는 저 순간이, 무심한 표정으로 작업에 몰두하는 그들에게는 평범한 일상에 지나지 않을 겁니다.

장인의 공방에서 저는 어머니의 모습을, 자신의 일에 최선을 다하는 모든 사람의 모습을 보았습니다. 세월이 달인을 만든다며 묵묵히 요리하시는 어머니는 온 정성을 쏟아 장과 김치를 담그고, 언제라도 따뜻하고 맛있는 밥상을 금세 차려냅니다. 어머니의 손길로 식탁은 행복한 공간이 됩니다.

어머니의 손놀림은 장인의 손길을 닮았습니다. 평생 반복해온 동작은 신속하고 정확해 군더더기가 없지요. 내공이 느껴집니다. 어머니가 이토록 정성스레 요리를 하는 이유는 요리를 좋아해서이기도 하지만 가족들이 식탁에 둘러앉아 맛있게 밥 먹는 모습을 보면 자연스레 손을 분주히 움직이게 되기 때문이라고 합니다.

어머니의 요리는 사랑이고 예술입니다. 아무리 사소해

보이는 것이라도 자신의 일에 그럭저럭 만족하지 않고 오롯이 열정을 쏟아 깊이 몰입하는 누군가의 진지한 모습은 감탄을 자아냅니다. 혼연일체의 순간이 반복될수록 일은 예술의 경지에 이릅니다.

여행을 할 때마다 깨닫곤 합니다. 세상 어디를 가더라도 그곳에서 만나는 것은 결국 매일 보는 일상의 풍경들이라는 것을요. 그러나 익숙한 것들과 헤어졌다가 익숙한 것들의 품으로 다시 돌아오면 일상이 이전과는 사뭇 다르게 느껴집니다. 여기, 나를 찾는 누군가가 있는 곳, 우리의 자리가 소중하게 느껴집니다. 그래서 제게 여행은 반복되는 일상의 고마움을 가르쳐주는 스승입니다.

"자신의 무게를 견디는 선박은

어떠한 대양도 헤쳐나갈 수 있다."

앙트완 드 생텍쥐페리 Antoine Marie Jean-Baptiste Roger de Saint-Exupéry,

『남방 우편기』 *Southern Mail*

당신의 숨결

오늘 점심은 국수입니다.

면발이 굵은 이 국수는 당신이 있는 그곳의 태양처럼 쫄깃쫄깃합니다. 주변을 온통 황금빛으로 물들이는 뜨겁고 쨍쨍한 노란색 태양 말입니다. 국수 가락을 후루룩 입안에 넣는데 식당 앞에 있는 정류장이 보입니다. 저 정류장에는 당신이 있는 그곳에 가려면 반드시 타야 하는 버스가 정차합니다.

당신의 그림에 빠져 당신이 있는 곳에 한 번 가본 적이 있습니다. 내가 도착한 당신의 마을 프랑스 아를에 당신은 보이지 않았지요. 그런데도 그곳은 온통 당신의 숨결이 가득했습니다. 당신이 한동안 매일 잠들던 노란 집의 좁은 침실, 광장 카페의 불빛, 푸른 론강과 반짝이는 별까지… 당신은 없었지만 당신의 붓이 닿은 모든 곳에서 당신을 발견할 수 있었습니다.

요즘 내 마음은 들떠 있습니다. 달콤한 공기와 아카시아, 라일락, 장미… 당신이 만든 유일한 빛깔로 캔버스 속에서 피어났을 향기로운 꽃들 때문이라기보다는 당신이 찾아내려 그렇게나 애썼던 새로운 빛, 나도 그것을 찾아 헤매고 있기 때문입니다.

어떤 사람은 삶의 의미를 찾으라 하고 또 다른 사람은 순간을 즐겨야 한다고도 합니다. 불투명한 삶 속에서 우리는 고군분투합니다. 그러나 혼란스러워 자신이 없어질 때가 있지요. 힘든 상황에서 심기일전하다가도 두려워 주저앉고 싶을 때가 있습니다. 각오를 다지며 열정을 다하지만 희망이 보이지 않을 때도 있습니다.

당신은 요즘 말로 하면 멘붕의 상황을 삶의 굽이굽이마다 만난 것 같습니다. 그런데도 도전과 실험 정신으로 무장해 어려움을 극복해냈고, 처절한 몸부림으로 새로운 가능성을 찾아내곤 했더군요.

'남쪽으로 가면 귀인이 있다.'

당신이야말로 남프랑스에서 만난 귀인이었습니다.

누구나 인생에 한 번쯤 가봐야 할 도시가 있다면 헤밍웨이, 르누아르, 모딜리아니, 쇼팽, 사티가 사랑했던 파

빈센트 반 고흐 Vincent Willem van Gogh,
「꽃 피는 아몬드 나무」 Blossoming Almond Tree, 1890,
캔버스에 오일, 74×92cm, 반 고흐 미술관, 암스테르담.

리보다 당신이 있던 아를이 어쩌면 내겐 운명 같은 곳입니다.

삶이란 마술 같다고 했던 당신. 내게도 삶이 마술처럼 느껴지는 순간이 올지 모르겠습니다. 하지만 그때 당신의 마을에서 발견한 빛을 지금 다시 떠올렸으니 또 얼마간 힘이 날 것 같습니다.

오늘도 국수를 먹다가 6030번 버스를 타고 공항에 내려 당신이 살던 곳까지 다시 한번 날아가는 은밀한 상상을 합니다.*

* 반 고흐에게 쓴 내 마음의 편지.

빈센트 반 고흐 Vincent van Gogh, 「복숭아꽃이 핀 나무」 Pink Peach Trees, 1888,
캔버스에 오일, 73×60cm, 크뢸러 뮐러 미술관, 오테를로.

"일 때문에 땀이 배고 굳은살이 박인 그의 손은

지칠 줄 모르고 일을 계속했다.

허리를 굽혔다 폈다, 굽혔다 폈다…

불쑥 내민 등의 모든 척추뼈가

구릿빛 뱀의 등뼈 같았다."

미겔 앙헬 아스투리아스 Miguel Ángel Asturias Rosales,

『강풍』 Viento fuerte

그 언젠가에 이르는 방법

　여기는 40도의 땡볕이 내리쬐는 바나나 농장입니다. 가만히 서 있기만 해도 땀이 줄줄 흐릅니다. 나무 꼭대기에서 바나나를 딴 뒤 차가 있는 곳까지 옮겨놓아야 합니다. 롤러가 달린 줄에 바나나를 대롱대롱 매달아 밀고 나아가야 합니다. 바나나 무게는 1,000킬로그램이 넘기 때문에 운반꾼 여러 명이 허리에 끈을 묶어 끌고 갑니다. 아직까지 이런 원시적인 방법을 쓰는 이유는 바나나에 흠집이 생기면 상품 가치가 떨어지기 때문이지요. 허리가 휠만큼 고된 작업을 한 시간 가까이 하고 나면 온몸에 땀이 비 오듯 합니다. 고무 슬리퍼를 신거나 맨발로 작업하기 때문에 발은 굳은살과 상처투성이입니다.

　제가 종종 보는 TV 프로그램 「극한 직업」에는 극도로 힘든 작업 환경에서 일하는 사람들이 소개됩니다. 유황 광산에서 일하는 인부들, 말벌 사냥꾼, 벼랑 끝의 약초 채

집꾼 등 상상을 초월할 정도로 힘든 상황에서 일하는 사람들의 모습을 자세히 보여줍니다.

어느 날 커피 농장 인부들의 작업 과정을 보게 되었습니다. 커피콩을 수확하기 위해 거친 작업을 하면서도 지치지 않는 그들의 열정에 감탄했습니다. 더구나 이들은 커피를 맛있게 마실 사람들을 생각하면 아무리 힘든 작업도 견딜 수 있다면서 환하게 웃기까지 했습니다. 이러쿵저러쿵 불평 없이 묵묵하게 그러나 치열하게 일하고 적은 보수에도 감사를 잊지 않는 그들의 모습을 보면 내 일을, 내 직장을 조금 더 사랑하게 됩니다. 어떤 일이든 힘들고 싫은 부분이 있지만 지금 내가 하고 있는 일의 좋은 점을 더 발견하려 노력하게 됩니다.

언젠가 지금보다 더 근사한 일을 하게 되면, 언젠가 돈을 더 많이 벌면, 언젠가는, 언젠가는… 지금 이 순간 자신이 하는 일을 하나하나 그리고 차근차근 해나가는 것이야말로 현재 상황을 뛰어넘어 그 언젠가에 이르는 방법이 아닐까 합니다.

귀스타브 카유보트 Gustave Caillebotte,
「대패질하는 사람들」The Floor Planers, 1875,
캔버스에 오일, 102×147cm, 오르세 미술관, 파리.

"함께 나눠 먹는 빵의 맛은

그 무엇과도 비교할 수 없다."

앙투안 드 생텍쥐페리 Antoine Marie Jean-Baptiste Roger de Saint-Exupéry,

『인간의 대지』 Wind, Sand and Stars

맛있는 건 함께

"피- 가로, 피- 가로, 피가로, 피가로…"

오페라 『피가로의 결혼』*Marriage of Figaro* 중 「나는 이 거리
의 만물박사」 The Barber of Seville를 바리톤 햄슨Thomas Hampson,
1955~ 의 시원한 음성으로 듣고 있으면 이 곡을 작곡한 로
시니의 호탕한 웃음소리가 들리는 듯합니다.

로시니는 먹고 마시며 스트레스를 날려 보낸 것으로
유명하지요. 여러 가지 추측이 난무하지만 가장 재미있는
설은 오페라가 성공한 덕에 어마어마한 부를 축적하게 되
자 음식을 직접 요리해 먹으려고 일찌감치 오페라 작곡을
그만두었다는 겁니다.

로시니는 맛있는 음식을 즐기고 음식에 대한 이야기
를 언제나 나눌 수 있는 파리에 머물면서 말년을 즐겼다
고 하지요. 유럽의 유명 레스토랑에는 '로시니 풍으로' à la
Rossini라는 메뉴가 있다고 합니다.

페데르 세베린 크뢰위에르 Peder Severin
Krøyer,
「힙, 힙, 후라! 스카겐에서 열린
화가들의 파티」Hip, Hip, Hurrah!, 1888,
캔버스에 오일, 134.5×165.5cm, 예
테보리 미술관, 예테보리.

미식가이자 대식가였던 로시니의 소품집 『노년의 과오』 Sins of Old Age에는 먹거리 이름이 붙어 있습니다. 「붉은 순무」 「작은 오이」 「버터」 「건포도」 「멸치」 「헤이즐넛」 같은 소박하면서도 재미있는 제목입니다.

쾌활하고 기지가 넘쳤던 로시니는 재치 있는 농담을 잘했고 사람들과 교류하는 것을 좋아했습니다. 그의 집에는 언제나 맛있는 음식이 있었고 뒤마 Alexandre Dumas père, 1802~70, 사바랭 Jean Anthelme Brillat-Savarin, 1755~1826, 바그너 Wilhelm Richard Wagner, 1813~83, 리스트 같은 작가와 음악가 등 명사들이 드나들었습니다.

음식은 뭐니 뭐니 해도 소중한 사람과 함께 나눌 때 훨씬 맛있게 먹을 수 있는 것 같습니다. '밥도둑'이라는 말이 있습니다. 사전에는 '입맛을 돋우어 밥을 많이 먹게 하는 반찬 종류의 비유'라고 되어 있습니다만 음식을 먹을 때의 풍경이나 분위기, 함께 먹는 사람과 나누는 즐거운 대화가 밥도둑이 될 때가 많습니다. 사실은 그런 것이 음식 맛을 좌우하는 셈이지요.

소중한 사람과 대화를 나누며 함께하는 식사 시간은 즐겁습니다. 각자의 하루를 공유하고 음식을 맛보는 동안 서로의 관계는 돈독해집니다. 맛있는 음식과 좋은 사람, 매우 단순해 보이지만 이것이야말로 행복의 핵심이 아닐까요.

"정신의 깊이를 가진 모든 인간에게는 가면이
필요하다.

더 나아가서, 그가 던지는 말 한마디 한마디,
일거수일투족에 이르는 모든 것을 끊임없이
그릇되게, 다시 말해 천박하게 해석하는
사람들 때문에 그를 가리는 가면은 점점
두터워진다."

프리드리히 니체 Friedrich Wilhelm Nietzsche,
『선악의 저편』 *Beyond Good and Evil* 제40절

가면을 쓰는 이유

"자, 이제 가면을 벗고 얼굴을 보여주세요!"

가면을 생각하면 영화 「마스크 오브 조로」The Mask of Zorro, 「배트맨」Batman, 「스파이더맨」Spider Man 또는 드라마 「각시탈」 같은 영웅물을 떠올리던 제게 어느 TV 프로그램에서 아나운서가 외친 이 말은 상당히 신선하게 느껴졌습니다.

출연자 몇 명이 무대에 서서 가면을 쓰고 본인의 모습을 감춘 채 노래를 부릅니다. 사람들은 열창하는 사람이 누구인지 목소리만으로 추측하고 자신이 생각하는 그 사람이 맞을 거라 내심 기대합니다. 경연이 거듭되면서 결선에 오르지 못한 후보들은 마지막 노래를 부르며 마침내 가면을 벗습니다. 이윽고 방청석에서 탄성이 흘러나옵니다. 가면 속의 인물을 맞혔다는 기쁨 또는 전혀 생각지도 못했던 누군가의 등장에 환호를 보냅니다.

그런데 가면을 벗은 출연자들은 하나같이 말합니다. 가면을 쓰고 노래하는 동안 편안함과 해방감을 맛볼 수 있어 정말 행복했다고. 본인이 선택한 가면을 쓰고 잠시 그 가면의 인물이 된 듯한 착각과 환상 속으로 일탈했던 겁니다. 그 일탈이 즐거웠던 것은 실제 모습을 숨기고 노래를 부르는 동안 방청객이나 시청자 모두 자신의 노래에만 집중해주었다는 사실 때문이었을 겁니다. 자신을 둘러싼 편견과 이미지에서 벗어나 진정한 실력을 인정받고 싶어 하는 그들의 마음이 절실하게 와 닿곤 합니다.

불세출의 성악가 반 담José van Dam, 1940~ 이 출연해 호평을 받았던 「가면 속의 아리아」The Music Teacher라는 영화가 떠오릅니다. 이 영화에서는 목소리가 같은 두 사람이 가면을 쓰고 대결하는 장면이 나옵니다. 한 사람은 초반에는 잘 부르다가 고음에서 목소리가 꺾이고, 다른 한 명은 끝까지 실수 없이 노래를 마치지요. 가면을 벗겨 보니 온갖 음모와 계략으로 상대를 이기려 했던 쪽이 대결에서 패배했습니다.

지금은 가면의 시대라고들 하지요. 스스로 SNS 속에서 자신의 본모습과는 전혀 다른 가면을 만들어 쓰고 능수

제임스 앙소르James Sidney Ensor,
「가면에 둘러싸인 앙소르」Self-Portrait with Masks, 1899,
캔버스에 오일, 120×80cm, 머나드 미술관, 고마키.

능란하게 연기를 한다는 겁니다. 그렇게 연출된 이미지로 남들을 속이다가 결국에는 맨얼굴이 드러나 세상을 충격에 빠뜨리는 경우도 있습니다. 가면을 쓰는 이유는 군중 속의 소외감 때문일 수도 있고 누군가의 편견이 두려워서일 수도 있지요.

　모든 사람이 편견을 가지고 타인을 바라본다면 누구나 자신의 자연스러운 본모습을 감추고 싶어질 겁니다. 가면을 쓰고 노래하는 이유도 바로 그 때문이니까요.

미켈란젤로 메리시 다 카라바조 Michelangelo Merisi da Caravaggio,
「카드놀이 사기꾼」The Cardsharps, 1596년경,
캔버스에 오일, 92×129cm, 포트워스.

"나는 특별한 것을 알고 있었다. 여인을

아름답게 하는 것은 화장도,

값비싼 향유도, 희귀한 보석도,

고가의 장신구도 아니라는 것을."

마르그리트 뒤라스 Marguerite Duras, 『연인』 *The Lover*

당신을 아름답게 하는 것

마틸드는 아주 예뻤습니다. 미모, 매력 어느 것 하나 빠지지 않았지만 집안 형편 때문에 고작 하급 관리와 가정을 꾸리게 되었지요. 그러니 화려한 생활은커녕 몸치장 한 번 제대로 해보지 못했습니다.

"얼굴만 예쁘면 뭘 해, 꾸미지도 못하는걸."

그렇게 변화라고는 없을 것 같던 어느 날, 마틸드의 남편은 문부성 장관의 파티 초대장을 들고 옵니다. 드디어 찬란한 샹들리에가 빛나는 귀족들의 모임에 갈 수 있게 된 것입니다.

그런데 남편이 보기에 마틸드는 이상하리만치 기뻐하지 않았습니다. 오히려 상심이 깊었지요. 마틸드는 파티에 초대를 받고도 우울해했습니다. 입고 갈 옷이 없었기 때문입니다.

결국 남편은 마틸드에게 새 드레스를 마련해주었습니

다. 걱정거리가 하나 없어지는 듯했습니다. 그런데 하나를 해결하니 또 다른 걱정이 생겼습니다. 마치 우리 인생처럼요. 이번엔 드레스에 어울리는 액세서리가 없었던 겁니다. 마틸드는 고민 끝에 형편이 좋은 친구를 찾아가 다이아몬드 목걸이를 빌렸습니다. 드디어 그간의 모든 걱정거리가 홀가분하게 사라졌습니다.

그렇게나 동경했던 귀족의 삶을 단 하루만이라도 살아볼 수 있다니. 그날 밤, 마틸드는 주인공이 되었습니다. 잊지 못할 밤이었지요. 도파민이 샘솟는 기분이었을 겁니다.

자정을 알리는 종이 울리면 신데렐라는 화려함을 벗고 제자리로 돌아가야 하지요. 마틸드는 아쉬운 마음을 뒤로하고 황홀한 파티에 참석했다는 것만으로 만족하려 했습니다. 그런데 이게 웬일인가요. 집에 돌아온 마틸드는 깜짝 놀라고 맙니다. 파티의 하룻밤을 빛내준 아름다운 목걸이가 쥐도 새도 모르게 자취를 감춰버린 겁니다. 집 안 구석구석을 찾아보았지만 목걸이는 없었습니다. 친구에게 목걸이를 잃어버렸다고 어떻게 말해야 할지, 마틸드는 절망하고 또 절망합니다. 깊은 상실감에 마틸드는 폭삭

늙어버린 것 같았습니다.

고민 끝에 마틸드는 빚을 내 비슷한 목걸이를 사서 친구에게 돌려주었습니다. 목걸이의 가격은 자그마치 3만 6,000프랑. 프랑스는 유로존 국가라 요즘 시세로 정확히 계산할 수는 없지만 어마어마한 액수였을 거라 짐작합니다.

마틸드는 돈을 갚기 위해 말 그대로 개고생을, 그것도 자그마치 10년이나 했습니다. 눈부시게 화려한 하룻밤과 맞바꾼 대가이지요. 온갖 고된 일을 하느라 손은 거칠대로 거칠어지고 빛나던 미모도 찾아보기 힘들었습니다.

오랜 세월 힘들게 일을 해 빚을 다 갚게 되었습니다. 홀가분한 마음에 하늘로 날아오를 것만 같았습니다. 마틸드는 그간의 어려웠던 사정과 지나간 일을 친구에게 속 시원히 털어놓았습니다. 그 얘기를 들은 친구는 소스라치게 놀랍니다. 친구가 마틸드에게 빌려준 다이아몬드 목걸이는 기껏해야 500프랑짜리 가짜였다는 겁니다.

단 하룻밤의 파티는 그녀에게 평생 잊지 못할 끔찍한 밤이 되었을 겁니다. 그 목걸이를 위해 마틸드가 지불한 대가는 3만 6,000프랑하고도 그녀의 아름다움을 몽땅 앗

아간 10년이라는 시간이었으니까요.

마틸드의 운명은 너무나 가혹한 것 같습니다. 그녀의 아름다운 미모는 죄가 아니지만 그녀는 자신의 허영심 때문에 큰 대가를 치르고 만 것이지요.*

* 모파상Guy de Maupassant의 소설 『목걸이』 *The Necklace*를 재구성한 글.

조반니 볼디니 Giovanni Boldini, 「샤를 막스 부인」 Madame Charles Max, 1896,
캔버스에 오일, 205×100cm, 오르세 미술관, 파리.

"가장 깊은 곳에 있는 물이 가장 잔잔해 보인다."

윌리엄 셰익스피어 William Shakespeare ,

『한여름 밤의 꿈』 *A Midsummer Night's Dream*

샘이 깊은 물

소설 『테스』 *Tess* 를 쓴 문호 하디 Thomas Hardy, 1840~1928는 1874년 첫 소설 『최후의 수단』 *Desperate Remedies* 을 발표한 이후 명성을 얻습니다. 그의 글이 신문에 실리고 새 작품을 발표할 때마다 출판사들이 앞다투어 출판해주던 때였지요. 그런데 하디는 자신의 작품을 출판사에 우편으로 보내면서 우표가 붙은 봉투를 함께 넣어 보냈다고 합니다.

유명 작가가 되었으니 거만해질 수도 있었을 텐데 하디는 겸손하게 자신의 원고 반송 비용을 부담하려고 했던 것이지요. 일반 사람들에게는 상식적으로 이해가 되지 않는 일이었을 겁니다. 제법 유명한 작가가 왜 자신의 원고가 반송될 것이라고 생각했을까요?

하디는 자신의 작품이 모든 독자에게 환영받을 수는 없다는 생각에 출판사에서 자신의 글을 객관적으로 읽어주기를 바라는 마음에서 우표가 붙은 봉투를 함께 넣어

구스타프 클림트 Gustav Klimt,
「아터제 호수」 Lake Attersee, 1900,
캔버스에 오일, 80.2×80.2cm, 레오폴트 미술관, 빈.

보냈던 겁니다. 출판사에서 원고를 결코 거절할 리 없을 정도로 훌륭한 작가였는데 말입니다. 건축기사 일을 하면서 틈틈이 쓴 소설로 멋지게 데뷔한 하디는 유명 작가가 된 뒤에도 좋은 작품을 쓰려는 열정이 강했습니다.

헤밍웨이의 소설 『태양은 다시 떠오른다』 The Sun Also Rises 에는 로버트 콘이라는 인물이 등장합니다. 콘은 출판사에서 자신의 소설을 높이 평가하자 우쭐해합니다. 현실에서도 그런 태도는 자연스럽기 마련이지요. 그러나 하디는 왕년의 작품으로 허영을 부린다거나 글쓰기를 게을리하지 않았습니다. 상대방의 생각을 그대로 받아들이겠다는 열린 마음과 겸손함으로 일관해 대문호의 면모를 보여주었습니다.

하디의 모습에서 노자와 맹자의 사상이 떠오릅니다. 높은 곳에서 낮은 곳으로 흐르는 물은 자신을 낮추지만 넓고 깊게 퍼져 강이 되고 큰 바다를 이룬다고 했지요. 그런가 하면 쉬지 않고 흘러가는 꾸준함과 성실함도 물의 속성이라고 했습니다. 프랑스의 박물학자이자 철학자였던 뷔퐁 Georges-Louis Leclerc, Comte de Buffon, 1707~88은 "문체는 글 쓰는 사람 자체"라고 했지만 평소의 태도만 봐도 그 사람을 알 수 있습니다. 자신의 능력에 자만하지 않고 늘 노력하고 겸손했던 하디의 삶의 자세야말로 샘이 깊은 물의 모습과 닮아 있습니다.

자신의 명성이나 사회적 지위를 이용해 높은 곳에서 군림하려는 사람들의 행태가 연이어 보도되면서 우리 사회는 소위 '갑질' 논란으로 어수선해졌습니다. 자신을 낮추는 부드럽고 순한 마음이 단단하고 강한 것을 다스릴 수 있습니다. 가장 낮고 깊은 것이야말로 가장 높은 것이라 할 수 있습니다.

"하루에 단 한 번이라도 하늘을

쳐다보지 않거나 활기에 가득 찬 좋은 생각을

떠올리지 못하는 사람만큼 불쌍한 사람은 없다."

헤르만 헤세 Hermann Karl Hesse,

『정원에서 보내는 시간』 Freude am Garten

안단테, 안단테

드디어 휴가입니다.

제아무리 추운 겨울이라도, 놀러왔다가 냅다 도망칠 정도로 혹독한 무더위가 계속되는 여름이라도 빡빡한 업무로 뒤덮인 시간표에 휴식의 오솔길을 내어봅니다. 리듬을 조금 늦추고 평소와는 조금 다른 하루를 맞이하려고 합니다. 휴가 기간에는 제가 좋아하는 일에 좀더 몰두하려고 합니다. 싫어하는 일은 되도록이면 하지 않으려고 합니다. 평소에는 억지로라도 무엇인가를 해야 했지만 이번만큼은 피하려고 합니다. 긴장과 피로도 잠시나마 안녕입니다.

핸드폰 알람을 두 시간쯤 뒤로 늦추고 느지막이 일과를 시작하려고 했습니다. 그런데 습관이란 게 참 무섭지요. 매일 아침 그래왔듯 오늘도 같은 시각에 벌떡 일어나고야 말았습니다. 다행히 푹 잤습니다. 어쩌다 벼랑 끝에서 떨어지는 꿈, 모래성이 부서지는 꿈을 꿀 때도 있는데, 오늘은 꿈을 꾸지 않았습니다.

오전 8시쯤 되었을까요. 이불을 정리하고 좋아하는 음악을 틀어놓습니다. 씻고 아침밥을 차려 먹고 나서 방 한 구석에 밀어두었던 소설들을 다시 꺼내 읽습니다. 오늘의 독서 메뉴는 무엇으로 할까. 음악은 뭘 들을까. 무슨 차를 마실까. 잠깐 고민에 빠집니다. 무라카미 하루키村上春樹, 1949~ 의 에세이를 펼쳐놓고 빌 에반스의 재즈 피아노곡을 틀어놓습니다. 그리고 라벤더 차를 한 잔 마십니다.

업무 시간에는 이 일을 하고 나면 또 다른 일로 바로 착착 넘어갈 수 있도록 집중과 긴장의 끈을 늦추지 않습니다. 마음이 언제나 '대기 중' 상태인 겁니다. 지금 하고 있는 일이 잘 끝날 수 있도록 최선을 다하고 다른 일을 준비합니다. 다음 날 사무실에 오면 무슨 일을 해야 하는지 한 눈에 볼 수 있도록 메모를 해놓거나 관련된 서류를 꺼내 책상 위에 준비해두고 퇴근합니다.

다시 말하지만 오늘부터는 휴가입니다. 조금 느슨해질 시간입니다. 책을 읽고 산책에 나섭니다. 공원에 앉아 주위를 둘러보니 붓으로 그린 듯한 풍경이 펼쳐져 있습니다. 나무 그늘에 앉아 시원한 바람을 맞으면서 도심 속 새소리에 귀를 기울입니다. 동네마다 독특한 소리가 있는데, 작은 공원이 있는 이 동네는 다행히도 자연의 음악이 흐릅니다. 새가 지저귀고 풀 내음이 가득하고 가끔 다람쥐가 풀숲에 숨어 재빠르게 돌아다닙니다. 이렇게 초록 속에 앉아 있다 보면 저도 온통 초록빛으로 물듭니다.

하늘에는 바람이 '후' 하고 입김을 불어 흩어진 모양 같은 구름들이 떠갑니다. 무더위에도 가볍고 상쾌한 바람이 나뭇잎을 스칩니다. 시냇물의 피아노 소나타, 바람과 나뭇잎의 이중주, 꽃들의 환상곡이 펼쳐집니다.

긴장했던 몸과 마음이 서서히 편안하게 풀어지면서 "아, 좋구나" 하는 말이 저절로 나옵니다. 이런 게 바로 자연을 통해 누리는 호사 아닐까요. 바람에 실려오는 꽃향기, 나무 내음을 맡으면서 몸을 길게 뻗어봅니다.

프레스토에서 안단테로 일상의 리듬이 전환됩니다. 자연에서 너그러운 마음을 한가득 담아 집으로 돌아갑니다.

클로드 모네 Claude Monet,
「포플러」 Poplars, Three Pink Trees, Autumn, 1891,
캔버스에 오일, 93×74cm, 필라델피아 미술관, 필라델피아.

클로드 모네 Claude Monet,
「베퇴유의 모네의 정원」 Monet's Garden in Vétheuil, 1881,
캔버스에 오일, 152×121cm, 워싱턴 국립미술관, 워싱턴.

"놀랍구나! 훌륭한 사람들이 여기에 이렇게나 많다니!
인간은 정말 아름답구나! 이런 사람들이 존재하다니, 참, 찬란한 신세계로다!"

윌리엄 셰익스피어 William Shakespeare, 『템페스트』 *The Tempest*

만나면 기분 좋아지는 사람

사람들은 그의 이름을 떠올리는 것만으로도 미소 짓곤 했습니다. 조금은 바보처럼 웃던 청년, 그는 초긍정의 자세로 무슨 일이든 저항하지 않고 흘러가는 대로 받아들이던 평범하고 순수한 사람이었으니까요. 모두들 이렇게 말했습니다. 그를 알고 지내는 것만으로도 그를 모르는 사람보다 이익을 얻는 것 같은 기분이 들고, 이름을 듣는 것만으로도 기분이 좋아지는 사람. 그를 회상하는 사람들의 표정은 하나같이 편안해 보입니다.

요노스케는 그런 사람이었습니다. 영화 「요노스케 이야기」A Story of Yonosuke를 보고 나서 그런 사람이 있다면 저도 꼭 만나보고 싶은 마음이 들었습니다. 만나면 필시 마음이 따뜻해질 그런 사람이었으니까요.

아이 같은 사람, 동물에 비유하면 강아지 같은 사람이라고나 할까요. 아이와 강아지에게는 공통점이 있습니다.

가에타노 벨레이 Gaetano Bellei,
「세 아이」 Three children,
35.6×38.9cm, 개인 소장.

사소한 것에도 마음을 있는 그대로 감추지 않고 드러냅니다. 기쁜 일에는 마음껏 웃습니다. 곁에 있으면 덩달아 웃게 되고 즐거워집니다. 마음의 문을 꼭 닫은 사람도 무장해제됩니다.

우리의 하루는 짧습니다. 온종일 짜증을 내거나 화를 내도 하루가 지나가고, 미소 짓거나 웃어도 하루가 지나갑니다. 웃음이야말로 최고의 피로회복제인 셈이지요.

배우가 되기 전 세일즈맨이었다는 어느 유명 배우는 출근할 때마다 거울을 보면서 미소를 짓거나 웃는 연습을 했다고 합니다. 그러면 자신의 기분은 물론 주위 사람들의 기분까지도 좋아졌다는 겁니다. 그렇게 기분이 좋아지니 잘 풀리지 않던 일까지 자연스럽게 해결되었다고 하지요. 그는 바로 그 미소 덕분에 톱스타가 될 수 있었다고 회고합니다.

지금까지 인생길에서 많은 사람을 만났고 앞으로도 또 만나겠지요. 우연히 인연이 생기거나 이어지기도 하고 반대로 예상치 못한 일로 인연이 끊어지기도 합니다. 그중에서 이름을 떠올리는 것만으로도 기분 좋아지는 사람들이 있습니다. 사는 게 결코 녹록하지는 않지만 웃음과 따스한 마음을 지닌 요노스케 같은 그런 사람들이지요.

나를 스쳐 지나간 사람들 또는 알고 지내던 사람들은 훗날 내가 이 세상에서 사라지고 나면 나를 어떤 모습으로 기억할까요. 요노스케처럼 이름만 들어도 기분이 좋아지는 그런 사람으로 기억되면 좋겠습니다.

"책 중에는 맛만 봐도 될 책이 있고,

꿀꺽 삼켜버려도 좋을 책이 있는가 하면,

씹고 소화시켜 그 안에 담긴 의미를

내 것으로 만들어야 할 책이 있다."

프란시스 베이컨 Francis Bacon

독서의 맛

얼마 전에 새 안경을 맞추었습니다. 안경가게 직원은 다양한 렌즈에 관해 설명해주었는데 그중에서도 다초점 렌즈가 가장 좋다고 했습니다. 지금껏 렌즈가 다 거기서 거기려니 했는데 원시에서 근시까지 그때그때 초점을 맞춰주는 다초점 렌즈는 제법 신선한 상품이었습니다.

물체의 형태를 분간하는 눈의 능력이 시력視力이라면 세상을 보는 능력을 길러주는 것은 책이 아닐까 합니다. 그러니 세상을 보는 눈이 쇠퇴하지 않도록 꾸준히 책을 읽어야겠지요.

가방 속에 늘 책 한 권을 담아둡니다. 긴 출퇴근길 지하철에서 읽기도 하고 약속 장소에서 누군가를 기다릴 때도 읽고 자투리 시간을 활용해 읽기도 합니다. 오늘 점심은 무엇을 먹을까 고민하듯 오늘 지하철 출퇴근 책 메뉴는 무엇으로 할까 고민하면서 책장 앞에 서서 책들을 훑어봅니다.

사회생활을 하면서 만나는 사람들은 지금껏 읽어온 책 속 주인공들의 다양한 심리나 성격과 마주하는 듯한 느낌이 들 때가 있습니다. 인물뿐만 아니라 과거와 현재, 미래의 시간을 아우르는 만남이지요.

카멜레온이 자유자재로 변신할 수 있는 비결은 시야視野에 있는 것 같습니다. 눈을 360도로 굴릴 수 있는 카멜레온의 시야에는 사각지대가 없다고 합니다. 그만큼 넓은 시야를 확보하고 있다는 뜻입니다. 평소에는 한쪽 눈으로는 앞을 살펴보고 다른 쪽 눈으로는 천적이 있는지 확인하기 위해 주위를 살핀다고 합니다. 카멜레온은 "한쪽 눈으로는 미래를 보고 다른 쪽 눈으로는 과거를 본다"는 말도 있지요. 카멜레온은 변화에 즉각 대응합니다.

책을 읽을 때도 작가 한 사람이나 책 한 권으로 판단 오류를 범하지 말아야 할 것 같습니다. 무조건적으로 받아들이지 말고 생각이라는 필터를 반드시 거쳐야 합니다. 깊게 사유하기 위해서는 다양한 책을 많이 접해야 합니다. 내가 발견한 문장들이 내 마음속에 뿌리내릴 수 있도록 반복하여 읽는 습관도 중요합니다.

장 오노레 프라고나르 Jean-Honoré Fragonard,
「독서하는 소녀」A Young Girl Reading, 1770~72년경,
캔버스에 오일, 82×65cm, 워싱턴 국립 미술관, 워싱턴.

어떤 때는 맛만 보고, 어떤 때는 꿀꺽 삼켜버리거나 게 걸스럽게 탐독하고, 또 어떤 때는 와작와작 씹고 음미하고, 때로는 아이스크림처럼 살살 녹여가면서 먹고 싶은 글들의 상찬上饌 속에서 행복한 고민에 빠지곤 합니다. 이렇게 탐독하고 음미하고 싶은 글을 쓴 작가는 글쓰기를 자신의 운명으로 받아들이고 고독과 괴로움 속에서 젖 먹던 힘까지 쏟아 자신의 영혼을 바쳐 글을 썼을 겁니다. 촛불이 뜨겁게 타오르듯 자신을 밀어붙여 마침내 명작을 탄생시켰겠지요. 무척이나 고되고 외롭지만 누군가가 자신의 글을 읽어줄 그 순간을 상상하면서 스스로를 온전히 몰입시키는 기쁘고 충만한 작업이었을 겁니다.

칼 라르손Carl Olof Larsson, 「휴일의 독서」Holiday reading, 1916,
캔버스에 연필과 수채화 물감, 69.5×99.5cm.

"어쨌든 이 슬픔 때문에 난 바보가 됐어.
나 자신이 누군지도 모를 정도로."

윌리엄 세익스피어 William Shakespeare,
『베니스의 상인』 *The Merchant of Venice*

슬퍼서 견딜 수 없을 때

퇴근길 지하철 옆자리에 앉은 아주머니가 계속 훌쩍거렸습니다.

강냉방칸이라 춥긴 춥지, 하고 있었는데 훌쩍거림은 계속되었습니다. 뭔가 이상해 살짝 옆을 보니 아주머니는 손으로 눈가를 훔치고 있었습니다. 잠시 후 가방에서 손수건을 꺼냈습니다. 아, 울고 있구나. 행여 방해가 될까 아는 체하지 않고 아주 조심스레 다시 한번 옆을 돌아봤습니다. 연신 눈물을 훔치는 아주머니는 정면의 광고판을 응시하는 듯했지만 시선은 허무해 보였습니다.

무슨 일이 있었던 걸까. 아주머니의 슬픔 어린 눈동자와 흐르는 눈물이 자꾸 신경 쓰였습니다. 눈물은 마음의 통증을 보여주는 신호이니까요.

수면 아래 있다가 어느 날 갑자기 위로 떠오르며 마음의 눈물통을 흔드는 슬픈 기억들이 있습니다. 아주머니의 눈물을 보니 제 마음속 깊이 묻어둔 슬픔이 삐죽 고개를 내미는 것 같았습니다. 아주머니의 슬픔을 위로해주고 싶은 마음마저 들었습니다.

어릴 때 슬픔 없는 세상에서 살면 좋겠다는 생각을 한 적이 있습니다. 늘 기쁨만 있고 아픔이라고는 하나도 없는 세상. 죽을 만큼 슬프다는 말의 의미, 슬픔은 불편하지만 불가피한 감정이라는 것을 알게 되기까지는 그리 오랜 시간이 걸리지 않았습니다. 삶이란 언제나 미소만을 보여주는 게 아니니까요. 그렇게 슬픔이라는 감정을 인정하면서도 감춰두었던 슬픔이 이따금 밖으로 비집고 나오면 받아들이기 힘들 때가 있습니다. 슬픔은 벼랑 끝에 선 우리를 무참하게 쓰러뜨리기도 하지요.

하지만 슬픔에 눈 감아버리지 않기로 했습니다. 슬플 때는 마음껏 슬퍼하려고 합니다. 슬픔에서 벗어나려면 슬퍼해야 한다는 말이 있지요. 그러고 나서 슬픔의 이유를 스스로에게 물어봅니다. 눈물을 흘리고 슬픔의 시간이 지나가고 나면 그동안 내가 날을 세워왔다고 깨닫기도 합니다. 슬픔의 터널을 조금씩, 조용히 빠져나오는 동안 마음은 차분하게 가라앉고 삶은 조금 더 깊어집니다.

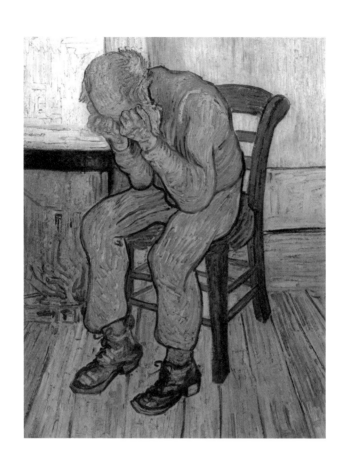

빈센트 반 고흐 Vincent Willem van Gogh,
「울고 있는 노인」 Old Man in Sorrow, 1980,
캔버스에 오일, 81×65cm, 크뢸러 뮐러 미술관, 오테를로.

"오늘은 수많은 날 가운데 그저 하루일 뿐이고,
앞으로도 그럴 것이다. 하지만 다른 날들에
벌어지는 일은 네가 오늘 무엇을 하느냐에
달려 있다."

어니스트 헤밍웨이 Ernest Miller Hemingway,
『누구를 위하여 종은 울리나』 *For Whom the Bell Tolls*

오늘 하루의 제목을 붙여보세요

금요일, 오늘의 제목은 '주머니 속의 행복'입니다.

살을 에는 추위였지만 코트 주머니 속에 넣어둔 손난로 덕에 출퇴근길이 따뜻했거든요. 그 따뜻함에서 전해져 오는 아늑한 행복이 오늘의 키워드였습니다. 며칠 전 1박으로 다녀온 여행은 숙소가 편안했고 창밖으로 내다본 눈 쌓인 광경은 기막히게 아름다웠습니다. 그래서 그날의 제목은 '전망 좋은 방'이었습니다.

때로는 화가들의 명화 제목이나 책 제목 또는 음악이나 노래 제목, 심지어는 간판에서 본 독특한 이름도 붙여보곤 합니다. 재미로 시작한 일인데 어느 순간부터 습관이 되었습니다. 달리Salvador Domingo Felipe Jacinto Dalí i Domènech, 1904~89의 「끝없는 수수께끼」Endless Enigma, 「기억의 영속성」The Persistence of Memory 또는 사티Éric Alfred Leslie Satie, 1866~1925의 「스포츠와 기분 전환」Sports et Divertissements

같은 제목이 어울리는 날도 있습니다.

그렇게 좋은 날만 있으면 좋겠지만 세상살이가 어디 그렇게 만만한가요. 구겨진 종이처럼 힘들고 볼품없게 느껴진 하루에는 '기분 나쁜 자의 왈츠'라는 제목을 붙여봤습니다. 작곡가 사티가 자신의 곡에 붙였던 제목을 그대로 써본 겁니다. 길고도 지루한 회의가 있던 날, 그날의 제목은 '25시'였습니다. 루마니아의 작가 게오르규Constantin Virgil Gheorghiu, 1916~92의 소설 제목이지만 이렇다 할 결과가 없어 그 몇 시간이 어찌나 길게 느껴지던지요. 인기 있었던 홍콩 영화 「영웅본색」英雄本色, 「지존무상」至尊無上 같은 제목을 변형한 '찌질본색' '지천무상' 같은 황당하고 우스운 제목이 어울리는 날도 있습니다.

제목은 소설이나 시 같은 문학 작품은 물론이고 그림, 노래, 영화 자체를 압축하여 말해주는 역할을 합니다. 그러니 제목은 일에 있어 가장 중요한 부분을 완성하는 화룡점정畵龍點睛의 역할을 하는 것입니다. 글을 쓸 때 작품의 내용을 어느 정도 짐작할 수 있으면서 독자들의 호기심을 끌 수 있는 제목은 무엇일까 늘 골몰할 수밖에 없는 까닭이지요. 사람마다 다르겠지만 일반적으로 작품을 완

레옹 스필리에르트 Léon Spilliaert, 「시월의 저녁」October Evening, 1912.

성하고 나서 제목을 짓는 것도 같은 이유인 듯합니다. 우리가 고전이라고 부르는 많은 작품은 사람들이 보고 싶고 듣고 싶고 읽고 싶게끔 만드는, 더 나아가 작품을 아우르고 감동을 전하는 제목을 달고 있는 것 같습니다.

일상에도 제목이 필요합니다. "오늘은 즐거웠어, 힘들었어, 따분했어"라고 간단하게 말할 수도 있지만 매일 찾아오는 하루에 제목을 붙이면 그날의 기분을 갈무리하기 쉽습니다. 어떤 느낌에 더 마음이 기울었는지, 무엇을 중요하게 여겼는지 알 수 있거든요. 또한 내일 연주할 하루를 유일무이하고 근사한 작품으로 만들 수 있습니다.

빈센트 반 고흐 Vincent van Gogh, 「레스토랑의 내부」 Interior of a Restaurant, 1887,
캔버스에 오일, 46×57cm, 크뢸러 뮐러 미술관, 오테를로.

"발랄하고 아름다운 지나이다라는

인간 속에는 교활함과 느긋함, 기교와 소박,

얌전함과 떠들썩함, 이런 것들이 일종의

독특한 매력을 띠며 혼합되어 있었다."

이반 투르게네프 Ivan Sergeyevich Turgenev , 『첫사랑』 First Love

외줄타기

「동물의 왕국」이라는 TV 프로그램에서 본 사자와 호랑이의 성향은 아주 달랐습니다. 무리 생활을 하기 때문에 사냥을 해도 집단으로 움직이고 늘 대가족을 이루는 사자와는 달리 호랑이는 혼자 숲속 깊숙한 곳에서 지내고 새끼를 낳아도 1년쯤만 키웠다가 내보낼 정도로 독립심이 강하더군요. 초원과 밀림의 제왕으로 군림하는 두 동물의 다른 성향을 보니 저의 하루와 비슷하다는 생각이 들었습니다. 어쩌면 몇몇 작가와 예술가의 하루도 이와 비슷하지 않을까 싶습니다.

『변신』The Metamorphosis으로 유명한 카프카는 프라하 보험국의 공무원으로 일하면서 틈틈이 소설을 썼다고 하지요. T.S. 엘리엇이나 『나무를 심은 사람』The Man Who Planted Trees을 쓴 프랑스의 작가 지오노Jean Giono, 1895~1970는 은행원으로 일하면서 독학으로 고전작품들을 탐독하고 글을 쓰다가 전업작가가 되었다고 합니다. 학교보다 영화관이나 음반 가게를 더 자주 드나든 작가 하루키는 작은 재즈 카페를 운영하다가 두 번째 작품을 출간한 뒤 잘되던 가게를 접고 전업작가로 나섰습니다.

'일요화가'라는 별명으로 잘 알려진 프랑스 화가 앙리 루소Henri Rousseau, 1844~1910는 세관원으로 일하면서 일요일에만 그림을 그렸다고 합니다. 증권맨이었던 고갱Paul Gauguin, 1848~1903도 회사를 다니면서 그림을 그렸습니다. 한마디로 이중생활을 했던 것이지요. 만일 이들이 하던 일에만 충실했다면 오늘날 우리는 그들의 걸작을 보는 기쁨을 누릴 수 없었을 겁니다.

저는 아침에 일찍 일어나 출근해서 하루 종일 동료들과 일합니다. 크고 작은 회의를 하고 상사에게 업무를 보고하고 함께 의견을 조율하기도 합니다. 한눈팔 새 없이 꼼꼼하고 빈틈없이 최선을 다해 일하고 퇴근하면 집에 돌아와 책상 앞에 달라붙어 글을 쓰고 그림을 그립니다.

제 일과는 이중적입니다. 충동적이고 활발한 '플로레스탄'과 내성적이고 몽상가적인 '오이제비우스'*로 살았던 작곡가 슈만Robert Alexander Schumann, 1810~56이 떠오릅니

장 루이 포랭 Jean-Louis Forain,
「줄타기 곡예사」 Tight-Rope Walker, 1880~90,
캔버스에 오일, 46.2×38.2cm.

다. 슈만은 자신이 만든 음악 잡지 『음악 신보』 *New Journal for Music*에 글을 쓰는 등 왕성한 문학 활동을 하기도 했는데, 자신의 내면 속 자아에 '플로레스탄'과 '오이제비우스'라는 이름을 붙여 필명으로 사용했다고 합니다. 슈만의 분열된 인격이 드러난다고도 할 수 있고, 그의 창조적인 측면이 부각된다고도 할 수 있습니다. 앞서 말한 위대한 예술가들의 작품 활동도 어쩌면 이중적인 내면에서 비롯된 것이 아닐까 합니다.

누군가와 같이 일하면서 어려운 부분들을 함께 극복해나가는 사회적인 인간으로서의 자아와 오롯이 혼자만의 고독한 시간 속에서 나를 찾으려는 자아 사이에서, 내면 속 플로레스탄과 오이제비우스 사이에서 또는 사자와 호랑이의 모습 사이에서 저는 공존합니다. 그 모든 경계에서 저는 오늘도 줄타기를 하며 균형을 잡아봅니다.

---

* 슈만은 '플로레스탄'과 '오이제비우스'라는 두 가지 필명을 사용했는데 각각 '혈기 넘치는 열정가'와 '우울한 몽상가'라는 뜻이다.

프랭크 웨스턴 벤슨Frank Weston Benson,
「그랜드강에서」On Grand River, 1930,
캔버스에 오일, 36×44cm, 레딩 공립미술관, 펜실베니아.

"전에는 듣지 못하던 귀와 보지 못하던 눈이
이제는 들리하기도 하고 보이기도 한다.
세월을 살던 내가 순간을 살고
배운 말만 알던 내가 이제는 진리를 안다."

헨리 데이비드 소로 Henry David Thoreau, 『월든』 *Walden*

마음의 고향

가끔 「나는 자연인이다」라는 TV 프로그램을 볼 때가 있습니다. 출연자들은 대부분 벼랑 끝에 내몰린 사람들입니다. 도시에 살다가 건강상의 이유로 또는 사람에게 상처받거나 사업에 실패한 사람들이 선택한 곳은 산이었습니다. 놀라운 것은 그들 모두가 새로운 삶을 산다는 것입니다. 인간관계에서 상처를 입은 사람이나 부귀영화를 누리다가 한순간의 실수나 잘못된 선택으로 나락까지 떨어진 사람도 자연에서 치유를 받아 소박하게 살아가고 있었습니다. 그렇게 자연은 인간을 넉넉히 품어주는 곳이었습니다.

작가 헤르만 헤세Hermann Karl Hesse, 1877~1962는 말년에 스위스 몬타뇰라로 이주해 정원을 가꾸면서 전쟁의 악몽에서 벗어났습니다. 그는 그 시절에 대해 이렇게 이야기합니다.

헤르만 헤세 Hermann Karl Hesse,
「호수 골짜기의 풍경」 View into the Sea Valley, 1930,
종이에 펜수채.

"이 시대를 힘들게 만든 모든 것에도 이곳의 나날은 아름답고 풍요로웠다. 오랜 세월 지속된 악몽에서 벗어난 듯 나는 자유와 공기와 태양과 고독과 일을 호흡했다."

카사 카무치라는 하얀 성 같은 집에서 처음 맞이한 여름에는 『클라인과 바그너』 *Klein and Wagner*, 『클링조어의 마지막 여름』 *Klingsor's Last Summer*을 썼고 그해 겨울엔 『싯다르타』 *Siddhartha*를 쓰기 시작했다고 하지요. 또한 많은 시를 쓰고 그림을 그리는 등 다시 한번 힘을 내 창작에 몰두했습니다.

헤세가 베를린으로 돌아가지 않고 자연 속에서 여생을 보냈던 이유는 단순했습니다. 자작나무 골짜기와 시냇물 소리를 들으면서 기쁨과 감사함으로 충만한 하루하루가 소중했기 때문입니다. 그는 자연과 숨 쉬면서 파랗게 반짝이는 호수, 장밋빛으로 빛나는 산등성이, 갖가지 나무 사이를 떠도는 하늘의 구름을 바라보며 다시 아이가 된 듯 즐거워했습니다.

청력을 잃은 베토벤이 극한의 절망과 고통 속에서 찾아낸 곳 또한 자연이었습니다. 그는 청력을 잃고 철저한 정적 속에 남겨졌지만 홀로 견뎌야 했습니다. 저도 잠깐 모든 소리를 차단해봤습니다. 10여 분쯤 귀를 막고 누워 있었는데, 두려움과 고독감 때문에 도무지 견딜 수가 없더군요. 아주 고요한 밤 잠자리에 들기 전 또렷하게 들리는 시계 소리보다 더 견디기 힘들었습니다.

베토벤은 이 두려움을 어떻게 극복했을까요? 많은 책에서는 그가 자연을 택한 뒤 가혹한 운명을 받아들이고 화해하여 평화를 찾게 되었다고 합니다. 그 무렵 작곡한 곡이 「템페스트」Tempest였습니다. 고통이 작품으로 승화된 것이지요.

이따금씩 냉랭하고 화려한 도시를 벗어나봅니다. 자연 속에서는 억지로 만들어진 질서 같은 것이 와르르 무너지는 느낌입니다. 억눌려 있던 감각과 감성이 깨어나는 듯합니다. 마음이 푸근해집니다. 그래서 자연은 영원한 마음의 고향인가 봅니다.

"삶이 이렇게 빠르게 달아나고 있어서
철저하게 살고 있지 않다는 생각을 하면
견딜 수가 없어."

어니스트 헤밍웨이 Ernest Miller Hemingway,
『태양은 다시 떠오른다』 The Sun Also Rises

오늘 더 눈부신 인생

기타리스트 제프 벡Jeff Beck, 1944~ 의 『상세하게』*Blow by Blow*라는 음반에서 흘러나오는 곡들을 들으면서 이 글을 쓰고 있습니다. 제프 벡의 손끝에서 뿜어나오는 선율들을 오롯이 느끼다 보면 온몸으로 젊음의 감각이 스며듭니다. 제프 벡에 대해 설명하려면 문장에 온갖 미사여구를 붙여야 할지도 모릅니다. '기타의 신' '세계 3대 기타리스트' 등등. 그래도 굳이 설명해야 한다면 제가 '정말 좋아하는 기타리스트'라는 말밖에 떠오르지 않습니다. 이럴 때는 그저 단순한 표현이 가장 좋은 것 같습니다.

천부적인 재능으로 성공이라는 급행열차에 올라탄 제프 벡은 70세가 넘도록 여전히 왕성하게 활동하고 있습니다. 얼굴의 주름이 깊어질수록 기타에서 타오르는 불길은 뜨거워집니다. 그의 연주를 들을 때면 숨을 죽이게 됩니다. 그의 손가락이 현 위에서 춤을 출 때마다 기타는 환

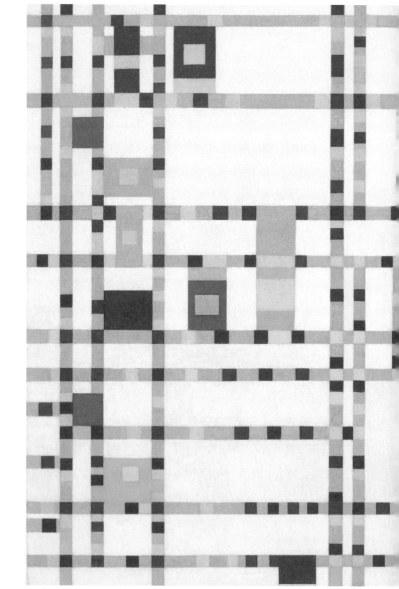

피에트 몬드리안Pieter Cornelis Mondriaan,
「브로드웨이 부기우기」Broadway Boogie-Woogie, 1942~43,
캔버스에 오일, 127×127cm, 현대미술관, 뉴욕.

호하고 탄식합니다. 기타의 황홀경이란 바로 그런 것입니다.

제프 벡은 한 장르에만 안주하지 않고 변화하고 도전합니다. 젊은 연주자들과 호흡을 맞춘 실황을 본 적이 있습니다. 소위 꼰대 정신이나 거만함이라고는 찾아볼 수 없습니다. 이미 경지를 넘어선 그는 젊은 연주자들의 기를 죽이지도, 그들의 기에 눌리지도 않고 자신만의 음악을 만들어냅니다. 적절히 호흡하고 융합하여 젊은 멤버들이 자신의 개성을 충분히 드러낼 수 있게 배려해줍니다. 구태의연한 방식으로 지금까지 해오던 대로 연주하거나 인기에 만족하지 않고, 새로운 연주 방법을 발견하기 위해 끊임없이 노력하고 열정을 다해 연주합니다.

미셸 투르니에는 이렇게 말한 적이 있지요.

"늙는다는 것은 겨울을 위해 선반에 얹어둔 사과 두 개와 같다. 한 개는 퉁퉁 불어서 썩고 다른 한 개는 말라서 쪼그라든다. 가능하면 단단하고 가벼운 후자의 늙음을 택하라."

얼마 전에 본 공연 실황에서도 제프 벡은 역시나 꾸준한 모습을 보여주고 있었습니다. 손가락이 움직이는 한 연주를 멈추지 않을 것 같은 연주자 제프 벡. 그에게는 바로 오늘이 인생 최고의 전성기인 셈입니다. 익숙함에 길들여지지 않고, 식을 줄 모르는 열정으로 자신만의 세계를 꿋꿋이 구축해가는 반면, 젊은이들과 융합하고 그들을 배려할 줄 아는 제프 벡. 그에게는 바로 오늘이 가장 눈부신 날입니다.

"세상이 살기가 어렵다면, 살기 어려운 곳을
어느 정도 편하게 만들어서 짧은 생명을
한동안만이라도 살기 좋게 만들지 않으면
안 된다.
이때 시인이라는 천직이 생기고, 화가라는
사명이 내려진다. 예술을 하는 모든 사람은
세상을 느긋하게 만들고, 사람의 마음을
풍성하게 해주기 때문에 소중하다."

나쓰메 소세키 夏目漱石, 『풀베개』草枕

세상을 품는 눈으로

'빛의 화가' 모네는 순간을 포착한 순간의 다채로운 빛을 화폭에 담기 위해 강렬한 햇빛을 따라다녔습니다. 오랜 세월 따가운 빛을 올려다보던 그는 급기야 백내장에 걸려 실명의 위기까지 맞게 되었지요. 수련 연작만 250점을 남겼다는 사실만 봐도 모네의 열정과 헌신을 알 수 있습니다. 우리는 그런 모네의 그림을 보며 따스함과 위안을 느낍니다. 하지만 때로는 기쁨으로 때로는 고통으로 점철된 화가라는 사명이 모네에게 얼마나 버거운 것이었을까 상상해봅니다.

영화 「빌로우 제로」Below Zero의 주인공 잭은 명작을 쓰겠다는 일념 하나로 똘똘 뭉쳐 글을 쓰기 위해 애쓰지만 이렇다 할 글을 쓰지 못해 전전긍긍하고 있었습니다. 출판사에서는 급기야 그를 냉동고에 감금시키기로 하고, 잭은 기꺼이 동의합니다. 그는 드디어 냉동고에 들어가게

앙리 마르탱 Henri-Jean Guillaume Martin,
「시인」 Poet, 1906,
캔버스에 오일.

되지요.

글을 잘 썼을까요? 그렇지 않았을 거라는 것쯤은 누구나 짐작할 수 있습니다. 잭은 냉동고 안에서 글쓰기를 계속하지만 결코 만족하지 못합니다. 다른 여류 작가도 냉동고에 갇혀 함께 작품을 완성하지만 차츰 이기적이고 광적인 내면을 드러냅니다.

이 영화의 설정은 다소 황당무계하지만 명작을 향한 작가의 집념은 안타깝습니다. 내 작품을 위해 타인은 안중에도 없는 이런 식의 자세가 진정한 명작을 탄생시켰을리 만무합니다. 그러나 좋은 작품을 쓰고 싶다는 작가의 집념만큼은 깊이 공감할 수 있었습니다. 예술을 위해 냉동고라는 극한의 상황 속에 자기 스스로를 몰아넣는 잭을 보니 존경심이 솟구쳤습니다.

어떤 면에서 예술가라는 존재는 그리스 신화의 시시포스와 닮았습니다. 돌 하나를 굴려 정상까지 올라간 다음 다시 내려와 또 다른 돌을 굴려 올려야 하는 시시포스를 보면 끊임없이 작품을 만들어내야 하는 예술가의 고단한 삶이 연상됩니다. 뭉크는 "모든 미술과 문학, 음악은 예술가의 심장에서 솟구치는 피로 만들어져야 한다"라고 했지요. 기술을 연마하는 것에서 그치는 게 아니라 심장의 피 또는 온 힘과 정신을 다해 끝없이 대상과 소통하면서 쏟아낸 작품들이 있기에 우리의 야윈 일상은 풍부해집니다.

영화 「리미트리스」Limitless의 주인공은 비범함을 넘어 마치 천지를 창조하듯 작품을 술술 써냅니다. 그 비결은 바로 영감과 창조의 알약에 있었습니다. 저런 알약이 있다면 얼마나 좋을까 잠깐 공상을 했지만 가만히 생각해보면 그 알약은 늘 깨어 있는 정신과 감성, 감각을 비유한 것인지도 모르겠다는 생각이 들었습니다.

세상을 익숙하게 보는 것이 아니라 새롭고 낯선 대상으로 바라보고 언제나 관찰하는 자세를 잃지 않는 것, 그것은 무언가를 창조하는 예술가들이 세상을 품는 방식입니다. 그것은 우리가 인생을 대할 때 필요한 자세이기도 합니다.

안경숙 安京淑

그림과 문장 속에 머물기를 좋아한다.

책을 읽고, 그림을 보고, 음악을 듣고, 영화를 보고,

일을 하면서 사람과 삶의 이야기 곁에 머문다.

그러다 마음을 물들이는 순간과 마주하면

노트에 글을 쓰고 그림을 그린다.

어느새 일상에 깊이 스며든 이 습관에 기대어 산다.

감동받는 모든 것에 대해 지금처럼 꾸준히 쓰고 그리려 한다.

KTX 프로젝트 콘소시엄, 프랑스 고속전철 다국적 기업

알스톰의 한국 지사, 주한프랑스대사관 경제상무관실 등

프랑스 기업 및 기관에서 일했고 현재 외국계 기관에서 근무하고 있다.

펴낸 책으로는 『삶이 그림을 만날 때』 『외롭지 않은 어른은 없어』 등이

있다.

사랑이 나에게

지은이 안경숙
펴낸이 김언호

펴낸곳 (주)도서출판 한길사
등록 1976년 12월 24일 제74호
주소 10881 경기도 파주시 광인사길 37
홈페이지 www.hangilsa.co.kr
전자우편 hangilsa@hangilsa.co.kr
전화 031-955-2000~3 팩스 031-955-2005

부사장 박관순 총괄이사 김서영 관리이사 곽명호
영업이사 이경호 경영이사 김관영
편집 김지수 백은숙 노유연 김지연 김대일 김영길
관리 이주환 문주상 이희문 김선희 원선아 마케팅 서승아
디자인 창포 031-955-9933
인쇄 및 제본 예림

제1판 제1쇄 2019년 6월 17일

값 16,000원
ISBN 978-89-356-6794-9 03810